一路繁花

跟着电影去旅行

李琳 著

经济日报出版社
北京

图书在版编目（CIP）数据
一路繁花 ：跟着电影去旅行 / 李琳著. -- 北京 ：
经济日报出版社，2024.9 -- ISBN 978-7-5196-1519-2
Ⅰ. I267.4
中国国家版本馆CIP数据核字第2024X1Y992号

一路繁花：跟着电影去旅行
YILU FANHUA : GENZHE DIANYING QU LVXING

李琳　著

出　　版：经济日报出版社
地　　址：北京市西城区白纸坊东街 2 号院 6 号楼 710（邮编 100054）
经　　销：全国新华书店
印　　刷：天津裕同印刷有限公司
开　　本：880mm×1230mm　1/32
印　　张：7.125
字　　数：80千字
版　　次：2024年9月第1版
印　　次：2024年9月第1次
定　　价：59.00 元

本社网址：www.edpbook.com.cn　微信公众号：经济日报出版社

本社法律顾问：北京天驰君泰律师事务所，张杰律师　举报信箱：zhangjie@tiantailaw.com
举报电话：010-63567684
本书如有印装质量问题，请与本社总编室联系，联系电话：010-63567684

自序

出走与归来

《怦然心动》出版以后，那份感激与悸动如影随形，久久不能平复。我明白，这些感受不仅来自于读者朋友们的支持与鼓励，更多是源于电影本身的那份纯粹。于是，不久之后，我便开启了下一场“电影之行”。

该如何着手呢？我既想保持与《怦然心动》一脉相承的精神内核，又渴望探索新的表达方式，我不断思索。曾经，我穿梭于无数个城市，那么为什么不来一场真正的“电影之行”，去追寻那些电影中的痕迹，去触摸光影里的故事呢？市井长巷，聚拢来是烟火，摊开来是人间，追随内心，让电影做主，带我重新走过那些熟悉的城市……

这便是“跟着电影去旅行”的由来。

从神秘的西藏启程，那片苍茫的雪山与古老神秘的寺庙，如同时间的守望者，让我在它们庄严的静谧中，感受到了一种难以言喻的宁静和深深的敬畏。

走进洛阳，我仿佛穿越了千年，古都的风韵与现代的活力交织，让我在这座历史文化名城中，感受到了中华文明的深厚底蕴。

相遇重庆，我沉醉于这座山城独有的文化魅力。山城的坡道与梯坎，如同城市的灵魂，承载着重庆人坚韧不拔的精神。

品味南京，我漫步于十里秦淮河畔，灯火辉煌，仿佛穿越回了那个繁华的金陵时代。烟雨中的南京，更添了几分诗意与浪漫，让我在这座古都中，感受到了历史的厚重与文化的韵味。

回味武汉，我沿着蜿蜒壮美的长江，与这座城市共同见证了它的辉煌与变迁。长江大桥的雄伟，烟火气的街角，都让我对这座城市充满了敬意与好奇。

流连上海，我被那种精致且讲究的生活情趣所吸引。海派文化的熏陶，让这座城市充满了独特的韵味。市井间的吴侬软语，更让人感受到了上海独有的生活气息。

邂逅大连，这座城市的海风，带着一丝清新，让我在这片土地上，感受到了东北人的热情与豪迈。

重逢青岛，金色的沙滩，碧蓝的海水，还有那清新的海风，都让我在这里找到了一份宁静与放松。

游览杭州，西湖的美景让我如痴如醉。无论是春天的苏堤春晓，还是秋天的平湖秋月，这里的温婉与诗意都让我如痴如醉。

漫步天津，五大道的欧式建筑，海河边的悠闲生活，我感受到了这座城市历史与现代的交融。

最终，这场美轮美奂的旅行，在繁华的香港落幕。维多利亚港的夜景，太平山顶的风光，都让这座城市的繁华与活力，更具风采。

电影是一扇窗，透过它可以看到世界的多样和深度，而我时常驻足在这扇窗前，欣赏这“独一份”的美景，走过每一个城市，那些山川的壮丽、人情的温暖与电影碰撞之后，都让我心潮澎湃。当情感的波涛逐渐平息，我终将这份感动诉诸笔端，让涓涓细流在纸面上汇聚成河。文字，成为我记忆的锚，让我在深沉的思考中，再次沉浸于那片光影的海洋。

每一次的出走，都是为了遇见远方那不曾遇见的风景和未知的故事。

每一次的出走，都是在陌生的土地上，探寻生活的另一面。

出走，是为了更好地归来；归来，是为了再次出发。

在这不断循环中，我学会了欣赏，学会了感悟，学会了在生活的每一个瞬间，找到独属于自己的价值与意义。在外面的世界里，我感受过光影带给我的失落与喜悦，体会过了离别的苦痛与信仰的希望。我也曾在一个个温暖的黄昏，迎接归来的时刻。

出走，不仅仅是身体的迁徙，更是心灵的飞翔；

归来，不仅仅是脚步的回转，更是灵魂的归宿。

出走与归来，如同一次历练，让我发现了更真实的自我，也重塑了我对世界的认知。

在这段旅程中，我学会了倾听内心的声音，学会了在变化莫测的世界中寻找那份恒定与安宁。每一次旅行，都是一次心灵的洗礼，让我更加珍惜眼前的每一分每一秒。

最后，愿这本书能成为送给热爱电影与旅行的朋友们的一份礼物。让我们一起重新审视旅行的意义，在光影的交织中，找到生活的另一种可能性。试炼的终点是花开万里，毕竟一生很短，终难圆满，但我们总该迎着光的方向前行！

愿我们都能在其中，找到属于自己的那份感恩与激动，那份对生活的热爱与执着。

愿我们的心灵，如同被电影的光影照亮，永远闪耀着希望与梦想的光芒。

从《怦然心动》到《一路繁花》，正是这份热爱和初心，驱动着我不断追寻那些触动人心的故事。快乐和平凡最浪漫，菲琳小站的故事，仍在继续，也许不知将去何方，但我已在路上，而你呢，我的朋友们，是否在未来的日子继续与我同行……

李琳

2024年6月10日

每一部电影，都像一朵独特的花，有的柔情似水，有的热烈如火，有的绚烂夺目，有的含蓄内敛，在我们的心中生根发芽，在我们的记忆中悄然绽放，既诉说着时光的秘密，又在回忆里反复播放。

无论是旅行还是电影，它们都是心灵的慰藉。让我们在忙碌与疲惫中找到了片刻的宁静，重新点燃了对生活的热爱与期待。

目录

南京　十里秦淮灯火灿，金陵烟雨韶风华

洛阳　愿君只问洛阳好，岁月繁华入城来

大连　凭海临风，心随云卷舒，情随花开落

西藏　上篇——人若如初初若世，天地我心空灵镜

武汉

长江之水浩浩汤汤
潮生潮落青山依旧

蜿蜒壮美的长江，横贯武汉的心脏，见证着这座城市的辉煌与变迁。眺望长江，奔流不息的江水与朱红色的古老墙面交相辉映，更显其韵味与美感。当清晨的第一缕阳光尚未洒向大地，武汉便已热闹非凡，开始了独特的“过早”文化。而夜晚的长江两岸，灯光璀璨，宛如给这座城市披上了一袭华丽的晚礼服，让人流连忘返。

武汉，一个卧虎藏龙的“千湖之城”，它也是国产佳片的孕育地：《黄金时代》《江湖儿女》《人在囧途》《人生大事》《失孤》《南方车站的聚会》……这里既有贾樟柯镜头下沧桑的迷离感，又有刁亦男的超现实暴力美学，更有《人生大事》里贴近生活的温馨……

01《人在囧途》

——导演：叶伟民

笑料过后，是心灵的归家

《人在囧途》是一部笑中带泪的喜剧，它将生活的酸甜苦辣浓缩到一段春运时的归家之路上。在这并不华丽的剧本里，朴实的语言绽放出了无尽的韵味。徐峥饰演的李成功，是一位外表风光，内心却充满迷茫的老板。为了与妻子摊牌，李成功踏上了一段充满波折的归家之旅。

一路上李成功遭遇了种种“磨难”，从飞机迫降到挤春运火车，从小客车到拖拉机……这段旅程让他看到了自己的人生有多狼狈，同时这段旅程也像一把钥匙，开启了他对人生之旅的深思。最终，李成功也逐渐在困境中寻找到了自己的内心。电影还通过李成功的视角揭示了诸多社会现象，如婚外情、春运、拖欠农民工工资、孤儿等现实问题，让我们看到了社会的现实与矛盾。这些问题并不是单纯的喜剧元素，是深深植根于我们现实生活中的问题。电影没有回避这些，而是把它真实地呈现在大众面前，让我们直面社会的残酷与温情。

汉口火车站这一场戏，勾起了一代人的回忆，那时的春运，是我们每个漂泊在外的游子心中难以言说的痛点。候车室里人声鼎沸，连落脚都成了奢望，车厢内拥挤不堪，摇晃的车身、头顶摇摆不定的电扇，仿佛都在诉说着旅途的艰辛。但令人惊喜的是你永远不知道对面会来一位什么样的旅客，或许是满怀憧憬的大学生，或许是肩负家庭重担的壮年汉子。不管是谁，总会聊上几句，或者分享桌上的美食。总之一定有别样的故事留在不知名的哪一站。

如今，时代在进步，那些曾经的拥挤与喧嚣已然成为过去。取而代之的是明亮舒适的现代化候车大厅，人工智能技术的广泛应用让我们的旅行变得更加便捷。每个人都可以在自己的小世界里享受旅途的宁静。车厢内的小桌板、耳畔的耳机，似乎都在诉说着这个时代的变化。那些曾经承载着几代人记忆的绿皮车，正在快速地退出历史舞台。然而，它们留下的故事和回忆，将永远镌刻在那几代人的心中，成为一份独家记忆。

《人在囧途》这部电影虽然没有宏大的主题，却用细腻的情感触动了每一个观众的灵魂。2024 年春节的脚步渐行渐远，《人在囧途》恰如一杯热茶，温暖了我的心灵，它勾勒出故乡的轮廓，让那份深深的思乡之情得以释放。要记住，无论身处何方，都无法阻挡我们对家的向往。

02《南方车站的聚会》

——导演：刁亦男

动物世界的追逐逃亡 VS 人类社会的生存法则

《南方车站的聚会》是一部饱含江湖气息的文艺大片，故事在武汉野鹅塘湖区的这个“三不管”的灰色地带娓娓道来，在这里我仿佛看到了一个落寞的微缩版的“水上江湖”。混乱与秩序交织，鱼龙混杂，尽显人生百态。胡歌饰演的周泽农，是盗窃电瓶车团伙的头目，在与同伙争地盘的过程中意外打死正在办案的警察，于是警方悬赏 30 万巨款通缉周泽农。这部电影的灵感，源自导演刁亦男在2014年看到的一则新闻：东北一名逃犯因无处可逃竟让家人举报自己，以换取悬赏。

《南方车站的聚会》就像一场精心策划的晚宴，而周泽农就是这场盛宴的高潮。每个人都等待着他的终结，仿佛他能带来一场饕餮盛宴。在罪与罚的追逐中，各色人等怀着不同的目的卷入这场漩涡。周泽农既是亡命之徒，也是挣扎在生活底层的普通人。他的命运之纠结，如同人生的选择题，求生与求死、罪孽与救赎、暴戾与柔情交织在一起。

影片中最具深度的一幕是警察与罪犯在动物园内的交锋。镜头巧妙地捕捉了警察的目光与行动轨迹，引领观众仔细观察动物园里的每一种动物：老虎、猫头鹰……每一个生灵都展示出独特且敏锐的眼神，似乎预示着一场未曾上演的戏。多年后回忆起这部电影，我脑海中总会浮现出一个画面：周泽农，爱爱，华华……他们都如惊弓之鸟般在黑夜里徘徊。这不仅是一场生存的较量，更是对命运抉择的深刻反思。在这片丛林中，每一个生命都拥有自己的轨迹，有的选择勇敢地面对，有的选择逃避。但无论选择何种道路，丛林中的法则始终不变：强者生存，弱者淘汰。

银幕上周泽农的人生是一幅苍白的涂鸦，团队冲突演变成血腥事件，他的人生也走到了命运的十字路口。周泽农的一生仿佛是世界的一面镜子，映照出人性的悲欢离合与挣扎；又如这个世界的一个缩影，使我们目睹了人性的无限可能性与复杂性。《南方车站的聚会》与《白日焰火》同样是一次对边缘人物的深度探索，展现了他们在寻求自尊与存在过程中所付出的努力和牺牲。这部影片引发我们深思：何为善？何为恶，或许仅在一念之间。

03《人生大事》

——导演：刘江江

天上的星星，是爱过我们的人

《人生大事》是国内众多影视作品中鲜有的以“殡葬业”为主题的作品。它独辟蹊径，深入殡葬行业的背后，以真挚的情感与人文关怀，让我们重新审视生死之间的人生大事。

坐落在武汉保元里的“任天堂”寿衣店，仿佛是一扇通往另一个世界的窗口。为了还原生活的真实质感，导演在拆迁区实景搭建，那些狭窄的居民楼、晾晒的衣服和街头巷尾的武汉特色早餐摊，都为观众呈现了一个真实多元的武汉。

在《人生大事》这部影片中，朱一龙颠覆了以往的荧幕形象，以一个寸头、花衬衫、一口地道的武汉方言，痞气十足的形象出现在大家眼前，但是他却让我泪中带笑。这部电影让我们正视自己的内心，重新审视与家人之间的关系，并对每一个行业给予应有的尊重。正如影片所传递的，我们每个人都是“种星星的人”，在自己的小小世界里，播种着希望与光芒。

朱一龙饰演的莫三妹曾经对自己的职业心存芥蒂，他厌恶这个被视为不吉利的行业，这其中既有父亲的强迫，也有女友的背弃。直到小文的出现，像一道光，照亮了他内心的黑暗，成为他人生转折的关键。老六的离世让他重新审视这份职业，在父亲的指导下老六的面容得以恢复。看着妆容得体的老六身着西装，安详地躺在花丛中，家属们悲恸地在他面前倾诉着不舍与思念，那一刻莫三妹感受到了这份职业的价值与尊严。同时他不再回避与父亲的关系，而是尝试理解父亲的想法和感受，他逐渐明白了家人之间的爱与牵挂。

父亲的离世，让莫三妹的身份转变为家属的角色。这一刻，他终于领悟到这份工作的重要性，那就是他作为人生旅程终点站的守护者，肩负着重大的责任。当父亲的骨灰在星空下璀璨绽放时，莫三妹不再是那个怨天尤人的小混混而是真正地成长为一个“种星星的人”，用他的专业与情感，为逝者送行，为生者带来安慰。

在电影《人生大事》中，有一幕深深触动了我：为逝者穿上衣服。面对那僵硬的身体，如何能让逝者以体面的方式告别，这无疑是对殡葬师的一种考验。而除了亲人，还有谁能够如此近距离地触摸这冰冷的遗体呢？这一刻，我对这个行业产生了由衷的敬意。也使我重新审视了殡葬行业的意义。

人生纷繁复杂，但归根结底，不过三件事：自己的事，别人的事，老天爷的事。而何为“人生大事”？或许，真正的大事，正是那些被我们视为微不足道、却关乎内心的小事。这部电影，从死亡的视角探讨人生，在不经意间告诉我们，生活的真谛在于活得有意义、有尊严。

武汉，这座英雄之城，饱经风雨却傲然屹立，历史的滚滚洪流与现代的喧嚣交相辉映，勾勒出这座城市独特的韵味。漫步武汉的街道，你仿佛能听到古老的故事在耳边低语。每一块砖石、每一座桥梁，都诉说着武汉的传奇。而电影更像是这座城市的标签，每一部作品，每一帧画面，都让这座城市跃然纸上，栩栩如生。来武汉吧，感受这座城市，让它的故事触动你的心灵。

上海 黄浦江之畔，霓虹初上，是人潮涌动，是如诗如梦

提及上海，你会想到什么？是那种精致且讲究的生活情调，是那种深受海派文化熏陶的韵味，还是市井间弥漫的吴侬软语？一杯香浓的咖啡，一份甜美的提拉米苏，这些都透露出上海人骨子里的腔调和讲究。

上海，这座城市，曾几何时是中国摩登前沿的代表。每当夜幕降临，华灯初上，上海这颗东方明珠就如同一位盛装打扮的佳人，优雅地展现出她独有的魅力。而电影，就像她手中轻舞的彩绸，巧妙地编织着她的故事、她的情感、她的历史，将它们娓娓道来，引人入胜。

04《飞驰人生》

——导演：韩寒

不是非得赢，只是不想输

电影《飞驰人生》是由韩寒指导并监制的一部励志喜剧电影。该片讲述了一位曾在赛车界叱咤风云，却因非法飙车被禁赛五年的赛车手张驰，年近四十重返车坛的故事。这部影片的主要拍摄地在繁华的上海和壮丽的巴音布鲁克，两个截然不同的地方，却共同编织了张驰的人生故事。赛场，无疑是影片的核心，但那些场外的情节，同样让人印象深刻。

无论是沈腾和尹正重逢的欢乐谷，还是沈腾与田雨所在的小昆山驾校，抑或是黄景瑜出场说“科目二是挺难”时所在的巨人网络松江总部，都给大家留下深刻的印象。它们尽显“腾”化，忍俊不禁，几个简单的情节给到电影恰到好处的诙谐幽默。

《飞驰人生》的情节中融入了许多真实事件，让人不禁为之动容。例如，影片中，尹正驾驶集装箱运输赛车时遭遇翻车，就源自 2012 年韩寒备战鄂尔多斯的比赛时的真实经历。影片中沈腾扮演的张弛，其原型则是中国知名赛车手徐浪。这位才华横溢的赛车手在 2008 年穿越东方越野拉力赛中不幸身亡，年仅 32 岁。他的离世让无数人感到惋惜和悲痛。对于韩寒来说，徐浪是他的朋友和战友。他们共同经历了赛车场上的风风雨雨，也共同见证了彼此的成长与蜕变。

“我曾经跨过山和大海，也穿过人山人海，我曾经拥有着的一切，转眼都飘散如烟”，这或许是对张弛最好的写照。或者这也是对徐浪最贴切的诠释，乃至对韩寒自身，乃至对每一个曾经璀璨夺目的灵魂，都是一种深沉的共鸣。这是落寞吗？或许，它更是一种历尽沧桑后的超然与宁静。“不是非得赢，只是不想输。”这句话，如同巴音布鲁克的疾风，在张弛的心中留下了深深的烙印。那 1462 道弯，109 千米的路程，仿佛是他人生旅程的缩影，每一个弯道都充满了挑战与未知。

看完《飞驰人生》，你会由衷地赞叹，韩寒作为作家，确实有其独特的魅力。他电影中的台词不仅写进了观众的内心，更点燃了你心中那团微弱的火焰，让你感受到生活的激情与力量。电影中的台词写道“竞技体育，成绩是练出来的。如何战胜对手？那就是找到最晚的刹车点，找到轮胎的摩擦力极限，找到你自我能力的边界，然后，把你眼前的每一个弯都过好。”“绝招，其实只有一个，那就是奉献。将你的全部，你的热情，你的执着，都奉献给你所热爱的一切。你并不是征服了这片土地，你只是战胜了自己的内心，只是超越了自己的极限”。

岁月匆匆，我们都是时光长河中的过客。然而，在这有限的生命里，我们可以选择去追求、去挑战、去奉献、去创造属于自己的辉煌。即使一切终将如烟雾般消散，但那些曾经奋斗过的日子，那些曾经拥有过的瞬间，都会成为我们生命中最宝贵的财富。

站在海拔 4000 米的巴音布鲁克之巅，我们仿佛能感受到那悬崖峭壁交织、雪山与森林相拥的壮丽景象。这里没有海，却拥有比海更广阔的情感与梦想。在这里，《飞驰人生》不仅是一部展现赛车运动的电影，更是一部充满情感与热血的作品。它让我们看到了韩寒作为作家和导演的才华与魅力，也让我们感受到了生活的激情与力量。同时，影片也让我们铭记了那些为梦想而拼搏的英勇赛车手们，他们用生命诠释了速度与激情的真谛。

很多时候比赛的输赢其实并没有那么重要。有的人在乎的是比赛的名次，有的人在乎的只是自己内心的那份输赢，那份对热爱的渴望，对梦想的渴望。并不是为了输赢，只是不想让曾经的自己输掉。

——《飞驰人生》台词

05《爱情神话》

——导演：邵艺辉

爱情是怦然心动，是相濡以沫

徐峥扮演的白老师是一个中年发福、离异、又有点不着边际的人，在上海的中心地带有自己的房子，教老年人画画，烧得一手好菜，还是一个撒娇诗人。上海话剧中心一场让他昏昏欲睡的《人类要是没有爱情就好了》让他看到了李小姐内心的柔软和炽烈，于是他在心底认定了这个女人。一本小说，一幅李小姐的肖像速写，一只断掉的高跟鞋，勾勒了一段含蓄又热烈的爱恋。谁说中年人的世界里只有危机和将就，爱情从来不是某个特定年代的专属。它始终在某个角落静静等待，等待着勇敢者的探寻与珍惜。

杂货铺，咖啡店，梧桐葳蕤下的海派建筑让我们感受到上海的风情。在电影《爱情神话》中，中年人的感情世界被细腻地刻画出来，那种含蓄与深沉，如同陈年的老酒，醇厚而温润。看破不说破是绝大多数中年人的底线，岁月让他们拥有了洞悉世事的智慧，也教会了他们沉默是金的哲学。格洛瑞亚的试探，悄无声息地探寻着情感的深浅。前妻的隔岸观火，则是另一种淡然，仿佛在静观其变，等待命运的再次交织。

而老白与李小姐之间的极限拉扯，更是将中年人的情感纠葛展现得淋漓尽致。他们的每一次交锋，都像是内心深处的挣扎与博弈，含蓄却又直指人心。微信里的弦外之音，如同秋日里的风，带着一丝凉意，却也藏着无尽的温暖与期望。

在电影《爱情神话》中，老白和老乌这两个人物就像是一个生命体的两面：一个务实且脚踏实地，另一个神秘而富有魅力。老白是那种生活中最为常见的人。他可能没有远大的理想，却活得真实而自在。他深知生活的艰难，但并不因此而沮丧或逃避。相反，他选择直面生活，一步一个脚印地走下去。而老乌则完全不同。他年近五十却只身一人，有自己的前女友“联合国”，还有经常挂在嘴边的索菲亚罗兰，直到他讲完这段三十多年前一夜的爱情神话后，骤然离世，依然不舍曾经不渝的守望。他更像是一个梦想家，一个追求者，一个对生活充满无限憧憬的人，但是这些光环的背后掩藏不住他的落寞与孤单。

电影之外，导演的心境是否与费里尼的《爱情神话》有过交集，我无从知晓。那部风格奇幻如梦，晦涩而诡谲的电影，仿佛一场肆意的自我放飞。它犹如一部难以解读的密语，让人迷醉其中，却又难以捉摸。正如同电影结尾那略带戏谑的吐槽，一部电影不能同时取悦每一个人。不过是希望将观众引向他的思考之境，让影片的零碎剧情和时空交错的画面，触动人们内心深处的情感。

于我而言，爱情它不应是神话，神话是虚构的，是想象的，是可望而不可即的幻影。爱情，它是我们生活中真实存在的，是我们触手可及的温暖与慰藉。感谢《爱情神话》这样一部有腔调、有格调、有情调且不油腻的上海爱情好戏。让我们珍视爱情的真实与可及，让它在我们的生活中绽放出绚烂的光彩，给予我们无尽的慰藉与力量。

重庆 电影与山城的交响：胶片岁月中的光影诗篇

漫步在重庆的街头，仿佛置身于一部流动的电影之中。长江两岸的夜景，犹如银幕上的长卷，随着时间的流转，展现出浓厚的诗意。高楼林立，车水马龙映射出都市的繁华与梦想。身处这座城市，我仿佛触摸到了电影的灵魂，从《少年的你》到《从你的全世界路过》，从《疯狂的石头》到《长江图》，从《双食记》到《周渔的火车》……在重庆的每一个街头巷尾，在每个转角处，似乎都能遇见熟悉的台词，都能品味出胶片独特的味道。

这就是重庆，一个属于电影爱好者的乐园。

06《疯狂的石头》

——导演：宁浩

在疯狂的世界中如何保持理智和清醒

坐上长江索道，飞渡在浩瀚大江之上，感受着山城空中的奇妙旅程。当我俯瞰这座城市的全貌，脑海中回荡起电影《疯狂的石头》中那句经典的开场白：“每当我从这个角度看这个城市的时候，我就强烈地感觉到，城市是母体，而我们是生活在她的子宫里面……”

2006年，一部名为《疯狂的石头》的电影在内地喜剧市场崭露头角，成为当时的一匹黑马。该片由宁浩执导，讲述了围绕一块珍贵的翡翠展开的激烈攻防战。故事的内容并不复杂，但导演通过多角度、多线索的蒙太奇叙事方式，将不同人物的故事巧妙地搭接在一起，让观众“陷进”剧情之中，随着剧情起伏。

随着电影的火爆，长江索道、罗汉寺、融侨立交等地标性景点也一跃成为网络热门的打卡地。这部作品的成功，不仅成就了黄渤、徐峥等撑起十年后中国华语影坛半壁江山的一众演员，也让更多人将目光投向了重庆这座充满魅力的城市。

影片巧妙地将黑色幽默与卑微人生融合在一起，通过人性的挣扎，诉说着现实生活中底层人们所经历的各种坎坷与无奈。在这种疯狂的追逐中，我们不禁开始反思，疯狂的真正源头究竟是什么？其实，疯狂的源头是我们内心深处的恐惧和不安。在面对生活的种种挑战和困境时，我们往往会感到无助和失落，从而陷入疯狂的境地。在疯狂的世界中如何保持理智和清醒？这是电影带给我们的重要启示。我们应该学会面对自己的内心状态，勇敢地去面对生活中的挑战和困境，才能成为真正的赢家。

疯狂可能比与一群人共享你极力掩饰的想法容易，因为没有人会把疯狂的人们的声音当回事。

——《疯狂的石头》台词

07《长江图》

——导演：杨超

一部逆流而上的长江之诗

阳光洒在江面，雾气缭绕，宛如仙境，让人心旷神怡。江水碧绿如玉，宛如一条丝带，横卧在大峡谷之间，与两岸的山峰相映成趣。这便是巫峡，一处让人流连忘返的美景。在这美景之中，一部充满魔幻现实主义的爱情电影《长江图》于2016年与世人见面。导演杨超以独特的视角和细腻的情感，将长江的壮丽景色与一段缠绵悱恻的爱情故事完美结合。

影片中，秦昊饰演的船长高淳驾驶着货船从上海吴淞到宜宾二码头，一路西行。途经重庆的场景有巫峡、滴翠峡、龙门峡、涪陵点易洞、江津大佛寺、忠县石宝寨、丰都鬼城、云阳张飞庙，朝天门码头等景观。这些自然与人文景观在影片中成为情感和故事的载体，让人在欣赏美景的同时，感受到真实的涌动和生命的价值。

影片中最为引人注目的莫过于辛芷蕾饰演的角色安陆。在航行途中，高淳不断遇到一个相同的女人——安陆，随着航程的上溯，安陆却变得越来越年轻。高淳也渐渐发现安陆出现的地点都与一本诗集有关。但是船经过三峡之后，安陆不再出现了。于是高淳不顾一切地独自驾驶货船疯狂地寻找安陆，终于发现了安陆的起源和长江的秘密。

影片中的安陆其实是高淳内心深处的一种投射、一种信仰。他不仅在寻找安陆，寻找所有不解的秘密，更是在寻找生命的意义。在影片中长江是女性的代表，安陆是长江的化身。这句话将安陆与长江紧密地联系在一起，表达了安陆作为长江的象征和代表，也成为高淳内心深处的信仰和追求。

整部电影通过高淳的寻觅和思考，将人类与自然的关系、生命的价值和意义等主题融入其中。它以诗意的语言和画面展现了长江的壮丽景色与一段缠绵悱恻的爱情故事。

08《江湖儿女》

——导演：贾樟柯

女性的成长和自我认同

《江湖儿女》是一部入围第71届戛纳国际电影节主竞赛单元的华语片，同时也是入选第56届纽约电影节、第43届多伦多国际电影节大师展映单元的作品。这部电影讲述了赵涛饰演的巧巧和廖凡饰演的斌哥两人跨越17年，历经相爱与背叛、分离又重逢的故事。

贾樟柯是一位非常喜欢重庆的导演，

影片主要取景于重庆的巫山县和奉节县。《江湖儿女》是他继《三峡好人》《天注定》后，第三次在重庆拍摄的电影。在三峡之巅的奉节与巫山，贾樟柯用镜头记录了时代的变迁，以及人们的离乡背井和颠沛流离。为了国家的发展和建设，人们默默地承受着生活的变迁，这些付出都值得被铭记和歌颂。

在《江湖儿女》这部影片中，赵涛饰演的巧巧一角深深地吸引了我。巧巧的成长经历作为影片的一条重要线索，其深度和丰富性值得我们去深入探讨。从女性主义的视角出发，我们可以重新解读这部影片，挖掘出更多关于女性成长和自我认同的故事。

巧巧是一个看似平凡、却有着丰富的内心世界和曲折人生经历的女性。在影片的初期，巧巧展现出来的是一个渴望安稳生活、对爱情充满憧憬的形象。她视男友斌哥为依靠，希望能和他一起过上稳定的日子。然而，命运却对她开了一个玩笑，五年漫长的等待换来的却是斌哥的“抛弃”。这个转折点揭示了女性在感情生活中可能面临的困境和挑战。然而，巧巧在面对挫折时没有选择放弃，而是勇敢地面对现实，开始了自我救赎。

巧巧与斌哥的感情发展过程，实际上是男女之间性别权力互换的过程。在感情的初期，巧巧对斌哥充满了依赖和信任，然而斌哥却对她的付出视而不见甚至背叛了她。在经历了痛苦的挣扎后，巧巧开始重新审视自己和斌哥这段关系，并逐渐掌握了主动权。而斌哥在失去巧巧后也开始反思自己的行为，最终重新找回了对巧巧的感情。这种性别权力的互换和重新分配打破了传统的性别角色定位，展现了男女之间更为平等的关系。

《江湖儿女》这部电影在褪去“情感”外衣后，让我们更加关注女性力量，看到她们在面对困境时的坚韧和勇气，以及对自我价值的追求和认同。

09《少年的你》

——导演：曾国祥

你追逐世界，我追逐你的背影

漫步在重庆渝中区的中山四路，这条路被誉为“城市中最美的一条路”，让人感受到它的独特魅力。两旁的黄桷树以其顽强的生命力为人称道，一年四季常绿，即使在秋天也依然枝叶繁茂。这里就是电影《少年的你》中重要的拍摄地之一。

《少年的你》不仅是一部电影，它还是青春的回音，是岁月在心灵上烙下的印记，是唤起我们自身那段曾热烈、痛苦、快乐过的记忆的桥梁。它让我们在回忆中品味，在品味中思考，在思考中成长。

青少年时期是人生中最复杂、最敏感的时期。这时的青少年承受着多重的压力：来自高考的重负，来自校园的不公，来自家庭的期待等。这些压力像无形的山，压在他们的肩膀上，让他们喘不过气来。电影《少年的你》真实而生动地展现了这些困扰和痛苦，让我们看到了青少年内心的挣扎和无奈。然而，电影并没有止步于此。它用细腻的笔触描绘了男女主角在困境中所具有的坚韧和勇气。陈念和刘北山，他们在困境中相互扶持，他们用友情的力量抵抗苦难，用坚定的信念守护彼此，互为铠甲，互为软肋。

置身于这座山城，仿佛进入了一个奇妙的魔幻世界。高耸入云的 8D 立体建筑、错综复杂的立交桥，以及棱角坚硬的高楼和小巷，让人仿佛陷入了一座走不出的迷宫，就像青春期难以摆脱的忧郁一样。在这样的环境中，中山四路的美丽与宁静显得尤为珍贵，让人心情愉悦。

电影的最后一个场景就是在这里拍摄的。陈念护送着一个女孩，而小北依然在背后守护着她。他们终于实现了当初的梦想。走在这条路上，我看到的是未来无限的憧憬，尽管曾经少年的他们为青春的冲动与屈辱付出了代价与伤痛，但还好他们从未放弃心中的那一处光明。这个画面仿佛在告诉我：青春的路上或许充满曲折与痛苦，但只要我们坚定信念、勇往直前，终会实现梦想，走向光明的前途。

在重庆这座城市里，我们看到了电影的影子，也看到了自己的影子。在这里，我们看到了青春的模样、成长的痛苦与快乐、女性的成长与自我认同、自然与人类的关系，以及生命的价值和意义……在这里，我们重新审视自己的人生观、价值观和世界观，让自己在艺术的熏陶中得到升华。最后，让我们再次沉浸在电影与城市的交融之中，感受那无尽的魅力与魔力。

那说好了，你保护世界，我保护你。

——《少年的你》台词

青岛 海浪轻拍古老的岸，吟唱永不落幕的故事

跟着电影去旅行，不仅是一场视觉的盛宴，更是一次心灵的远行。电影将我们引领至那些熟悉又陌生的街角巷尾，感受每一座城市独特的脉搏与风情。

青岛，以其独特的城市风貌和丰富的文化底蕴，吸引了无数电影人的目光。从广阔的海岸线到古老的历史建筑，从繁忙的市区街道到静谧的乡村小径，这座城市为电影创作提供了无尽的灵感。诸如《海洋天堂》《送你一朵小红花》等影片，向世人展现了青岛独特的魅力。

10《海洋天堂》

——导演：薛晓路

孤独星辰下的温情与守望

电影《海洋天堂》是我国首部深入剖析儿童孤独症现象的影片。它由薛晓路执导，李连杰与文章两位著名演员领衔主演，为我们细腻地讲述了一个孤独症家庭所经历的种种挑战与温情。影片的拍摄地在美丽的青岛，其中那个充满神秘与奇幻色彩的海洋馆——王心诚的工作场所，便是青岛极地海洋世界，它为影片增色不少，也为观众带来了视觉上的享受。

孤独症，也被称为“自闭症”，是广泛性发育障碍中最典型、最引人瞩目的疾病之一。罹患孤独症的人，他们的思维方式与常人迥异，生活在一个只属于自己的世界里，难以与外界建立真正的情感联系。因此，他们被称为“星星的孩子”，就像那遥远星空中独自闪烁的星辰，虽然寂寞，却也坚韧不拔。

《海洋天堂》这部电影，用真挚的情感和细腻的笔触，展现了孤独症家庭所经历的痛苦、挣扎，以及那份不离不弃的亲情。它让我们看到了这些“星星的孩子”虽然生活在自己的世界里，但他们的内心同样充满了对爱的渴望和对世界的好奇。同时，影片也呼吁社会更多地关注孤独症群体，给予他们更多的理解和支持，让他们在这个充满爱的世界里，能够感受到更多的温暖和关怀。

《海洋天堂》是一部充满慈爱与阳光的影片，即便现实几多阴霾。虽然影片中看到的是痛楚与孤独，它传达的信念却如此美好。李连杰为了参演这部电影，象征性地收取 1 元作为片酬，展现了中国电影人的责任与担当。

电影完成后，剧组的每个人都沉浸在深深的感动之中。它没有夸张的情节和刻意的煽情，却让人泪眼婆娑。而在电影之外，很多人却质疑文章的演绎，认为他演得像一个智障。可能是受其他影视作品影响，很多人看到薛晓路的作品第一反应都是这个“大福”太普通了。不知道从什么时候起，大家觉得患有这种疾病的人，绝大多数都在某一方面有天赋，但是现实情况是只有极少部分自闭症患者的智商超常。

李连杰扮演的父亲为我们诠释了一个真实、坚强、伟大的父亲形象。当灾难来临时，很多人第一反应就是逃避，所以电影的第一幕就是父子的自杀。但是失败的结果让王心诚感受到儿子大福可能不想跟他离开，于是便有了后来的“安排”。王心诚没有过多的时间悲伤，他所有的时间都在完成一件事——尽可能安排好儿子的生活，教会他更多。他把一个父亲的隐忍演绎得很好，没有过多的伤感，而是认真地准备后事，因为悲痛没有任何意义。电影让我想到一句老话，“父母之爱子，则为之计深远”。本以为这一生都将为孩子而活，却没想到会离开得那么早，所以只能在有限的时间里，教会他如何活着。

“孤儿院嫌大福岁数大，养老院嫌他小，保险公司不接残障人士的投保，国家社保不管这一块，阴森的精神病院又着实不适合。”寥寥数句，揭示了当今社会孤独症患者的无奈与困境。很多人觉得患孤独症的孩子，没心没肺没感情，但是真正接触下来你会发现其实这些孩子不是不懂，只是不会表达。这不仅是电影要表达的意义，更是对我们每一个人的呼吁：请给予他们更多的包容与理解，让他们在这个世界上感受到温暖与关爱。《海洋天堂》并不想去宣传有孤独症患者家庭的苦难和伟大，只是想要让世人对他们多一些包容和理解。电影成为爱之艺术的载体，胜过千言万语。

光明和黑暗的世界里，光明是永远照不亮每个黑暗的角落的。

爱的海洋，就是天堂。

——《海洋天堂》台词

11《送你一朵小红花》

——导演：韩延

作为对生命的珍视与勇气的嘉奖

《送你一朵小红花》是由韩延执导，易烊千玺、刘浩存领衔主演的一部触动人心的电影。它细腻地描绘了两个抗癌家庭在面对死亡这一终极问题时，所展现出的不同生活轨迹与坚忍精神。

癌症，这个词如同一把锋利的刀，划破了生活原本的宁静。它无声无息地侵入人们的身体，像一团黑暗的云雾，逐渐吞噬着生命的色彩。在这个繁忙而喧嚣的社会里，我们似乎总是忙于追逐名利，忙于应对各种琐事，却忽略了身体的呼救。直到癌症的阴影悄然降临，我们才猛然惊醒，原来生命是如此的脆弱和短暂。

影片中的韦一航和马小远，他们身患绝症，却用尽全力去拥抱生活，去爱，去笑。他们的生命虽然短暂，但他们的存在却如同璀璨的烟火，点亮了周围的世界。他们的笑容，他们的泪水，他们的挣扎与坚持，都深深触动了我内心最柔软的地方。影片的最后，两个年轻人骑着车，穿行在青岛胶州湾隧道的深邃之中。那一刻，他们的身影似乎挣脱了现实的束缚，向着另一个平行时空奔去。在那里，他们或许能摆脱病痛的束缚，健康地向前方奔跑，去追求属于他们的幸福与自由。

而现实生活，往往更加令人唏嘘。电影的同名主题曲《送你一朵小红花》的作者赵英俊，也是一位癌症患者。他在电影上映之际便已经离开了我们，但他的音乐却永远留在了人们的心中。

每当那熟悉的旋律响起，我们总会想起那个爱喝可乐的潇洒哥，想起他在抗癌路上的坚韧与乐观。

影片有一个令人难以忘怀的情节：一位父亲带着患病的女儿去买假发。命运无情，女儿最终未能逃脱死亡。那位父亲在吃着陌生人为他点的红烧牛肉面时，泣不成声。这一幕令人动容。它不仅展现了抗癌家庭所承受的痛苦，更让我们看到了人性中最真挚的情感与无尽的悲伤。

然而，正是这些抗癌勇士们的坚韧与乐观，让我们看到了生命的另一种可能。他们告诉我们，即使生活充满苦涩与困难，我们也要勇敢地面对它、拥抱它。因为只有这样，我们才能真正体验到生命的美好与价值。

尽管有人批评《送你一朵小红花》过于鸡汤，但在这一个常常回避直面生死的社会氛围里，这部影片像是一位勇往直前的先行者，为我们撕开了重重迷雾，使我们得以一窥抗癌家庭背后的真实生活。它为我们展现了以乌托邦式的家庭氛围，积极面对死亡的态度，珍惜生命最后阶段的每一刻，甚至是一场刻骨铭心的恋爱。

现实生活中，肯定也有许多像影片中那样的抗癌家庭。一人患病，全家都笼罩在沉重的阴影之下，承受着巨大的精神与经济压力。正如影片所言："得病的人难，病人身边的人更难。"更多的家庭被高昂的治疗费用拖垮，每天与金钱、药品、医院打交道，身心都承受着双重的折磨。

对癌症患者来说，当生存变得痛苦不堪时，这部电影中的故事或许能给予他们一线希望，燃起战胜病魔的勇气。它告诉我们，即使生活充满苦涩，有冰冷刺骨的不共戴天之水，有义无反顾的烈酒灼烧，我们依然能凭借坚韧的意志战胜一切困难。那么，就让我们送给自己一朵小红花吧，作为对生命的珍视与勇气的嘉奖。

南京 十里秦淮灯火灿，金陵烟雨韶风华

古都南京，时光似乎在这里放缓了脚步，每一寸土地都仿佛蕴含着千年的故事。正如朱自清先生所说，“逛南京就像逛古董铺子，到处都有些时代侵蚀的遗痕。你可以摩挲，可以凭吊，可以悠然遐想……”

南京与电影的渊源深厚而独特。这座城市曾是“二战”期间中国抗日战争的主战场之一，这一段血与泪的历史在众多电影中得到了充分的展现。例如以南京为背景的《南京！南京！》将那段历史的惨痛和悲壮呈现得淋漓尽致，《金陵十三钗》和《建国大业》等影片，更是在南京的大地之上，细腻地刻画了历史的沧桑巨变。

此外，现代影片如《七月与安生》《我不是药神》《求求你，表扬我》等众多优秀影片，也纷纷选择在南京取景。这不仅是因为南京这座城市的美丽景色和独特魅力，更是因为南京所蕴含的深刻的历史底蕴和独特的文化气息，为电影创作提供了丰富的素材和灵感。

12《建国大业》

——导演：韩三平 / 黄建新

聆听历史的回响

《建国大业》是一部历史巨片，它再现了从 1945 年国共重庆谈判到 1949 年开国大典这一重要历史时期，展现了那个时代人们的信念与决心。

电影中中山陵和总统府等历史地点的呈现，不仅赋予了影片极高的真实性和历史价值，更让观众有机会亲身体验那个时代的风貌和气息。这些地方见证了南京过往的历史与文化，也见证了中华人民共和国的诞生。每一次回望，都是对历史的一次深度解读。

作为一部向祖国献礼的作品，《建国大业》在拍摄过程中格外谨慎，尤其是在重大事件的选取上。例如，第一届政协会议是电影呈现的一段重要历史，在电影中，很多代表都是冒死前去参加这次会议，冯玉祥乘船在黑海遇难被烧死、新疆的五个代表遭遇空难、李济深在反动派监视下化装成商人进入北平等情节，都充分展现了举行这次政协会议的艰难程度。而毛主席在城南庄遭遇敌军轰炸穿着睡衣被战士用行军床抬出去也是真实场景的再现。

除了情节以外，《建国大业》在选角上共启用 100 余位“重量级”明星，其中很多演员都是零片酬。这些演员站在那里，瞬间就与他们扮演的角色相契合。他们贡献了卓越的演技和令人眼前一亮的银幕形象，为电影的成功作出了巨大贡献。

站在巍巍中山陵之下，我被一种深邃的历史气息所包围。

那高高的牌坊，那漫长的石阶，似乎都在诉说着一个古老而庄重的故事。中山陵的392级阶梯，不仅是对体力的考验，更是对历史记忆的追溯。抬头仰望，历史的天空在此处变得更为辽阔，那些飘渺的云彩似乎都在演绎着电影《建国大业》中的一幕幕壮丽场景。

13《金陵十三钗》

——导演：张艺谋

在战争的废墟上，寻找人性的光辉

“轰炸了二十多天，南京到底被日本军队攻破了，那是1937年12月13日，我记得，那天所有人都在跑，好像永远都跑不出那场大雾……”这是电影开头的一段话。电影中的那场雾就像死亡一样，无处不在、如影随形，让人们感到无比恐惧和绝望。

电影《金陵十三钗》改编自美籍华人作家严歌苓的同名小说，讲述了一段感人至深的故事。在日军攻入南京的黑暗时刻，一群女学生和妓女到教堂中寻求庇护。这部小说以南京大屠杀为背景，通过离奇而富有传奇色彩的故事，展现了人性的光辉。

电影让我回想起那个经典的哲学命题——“电车难题”。在这个难题中，我们要思考生命的轻贱与贵重，以及应该牺牲谁的问题。然而《金陵十三钗》并没有过多地探讨“选择与评判”，而是通过英雄情节的引入，让“十三钗”主动承担拯救生命的责任。这种转变不仅令人物形象升华，更让她们从被拯救者、牺牲者的身份转变为真正的英雄。

许多人觉得假神父与玉墨及一众姐妹的转变有些突然，但在我的理解中，这种转变既合理又合情。在众多女性中，玉墨一直担任着领导者的角色。她的童年经历、李教官的牺牲，以及豆蔻、香兰的离去，推动着她必须作出决定。而当约翰一次又一次扮演“神父”时，实际上他也是在自我救赎和寻求重生，这也是“教堂”这一场景的意义，所以人物的转变显得顺理成章。

电影中“妓女代替女学生”的桥段并非导演和严歌苓杜撰，而是基于美国传教士魏特琳日记的真实记载。在南京陷落时，很多人都逃到金陵大学避难，日本人要求他们必须交出100个女人，否则就要在学校中驻军。当时有二十多个妓女站了出来，使部分女学生免遭厄运。

严歌苓的厚重、沉闷与张艺谋擅长的热烈，形成了鲜明的碰撞。教堂里哥特式的彩色玻璃和鲜艳的旗袍在那个满目疮痍的背景下似乎给我们带来一种更为浓重的悲伤，因为把美的东西毁灭才是最悲惨的。如今坐落在南京市秦淮区的圣保罗教堂已经成为全国著名的拍摄基地，在晴朗的日子里，你能看到草坪上露营的人群与拍摄婚纱照的新人。这是一处见证历史变迁的地方，在南京圣保罗教堂，能感受到历史与现实的相互交融。仿佛在向世界述说着，无论历经多少风雨洗礼，我们始终能够勇敢坚韧地生活在这片土地上。

电影《金陵十三钗》的故事虽然发生在战争背景下，但它关注的却是人性。无论是约翰、玉墨还是李教官，他们都展现了人性的光辉，他们以爱、勇气和无私对抗残酷的战争环境，他们用行动诠释了人性的伟大。他们不仅是英雄，更是平凡人，让我们在混乱和黑暗中看到了希望和光明。

14《七月与安生》

——导演：曾国祥

两生花，一半凋零，一半飘零

《七月与安生》这部电影是根据安妮宝贝的同名小说改编，讲述“七月”和“安生”两个女孩从13岁开始相识相知、相爱相杀的青春成长故事。

在南京市栖霞区有一座废弃的水泥厂——江南水泥厂，这里是新中国水泥发展史上的重要标志企业之一。这座诞生于民国时期的产物，如今成为众多影视爱好者的取景地。黄墙红砖，脱落的水泥，巨大的厂区，都保留了20世纪80年代的风貌，在荒凉与冷清的衬托下依旧能感受到当年的繁华。这里也是《七月与安生》的拍摄地之一。

七月与安生，这两个女生之间的关系，就像是一幅显眼的刺青，描绘着青春的激情、矛盾和成长。七月是一个人见人爱的女孩，然而在她和善乖巧的表面下，隐藏的却是一颗疲惫而矛盾的内心。她追逐着别人的认可，无法做真实的自己。而安生则是一个特立独行的女孩，她坚守着自己的原则和底线，敢于表达自己的想法和情感。她或许并不安生，但她活得真实。

这看似有点俗套的剧情，像极了我们青春时期的写照。我们曾喜欢上同一个男孩，也都为了同一个梦想而努力。我们曾经嘲笑过彼此的幼稚和不成熟，却又在彼此的陪伴中找到了共鸣和安慰。我们曾经疏远过彼此，却又在彼此的包容和理解中获得了依靠。

七月与安生，她们既羡慕对方，又害怕成为对方。她们看似互补，却更像是一种激烈的碰撞。她们彼此守着自己的舒适圈和底线，不愿打破现有的平衡。然而，那种对禁忌的尝试又将她们推向深渊。或许没有家明的存在，七月与安生也会在未来的不同轨迹中渐行渐远。

也许这就是青春的无奈与美好。我们总是在成长的过程中不断地探索、尝试和挣扎。在这个过程中，我们或者遇到了七月，又或者遇到了安生，她们是我们的朋友，是我们的恋人，又或许是我们的对手。她们让我们看到了自己的影子，也让我们看到了自己的可能性。她们让我们感受到了青春的痛苦与欢乐，也让我们明白了成长的真谛。

关于青春成长类的作品尺度很难掌握，一不小心就会落入俗套。而这部电影却能恰到好处地描绘青春的酸甜苦辣，触动人们内心深处的情愫。电影最为动人之处就在于在展现青春与成长的主题之余，关注“女性友谊”。这部电影让我们看到了女性之间的情感纽带，她们互相扶持、相互救赎，给人以温暖与感动。

15《我不是药神》

——导演：文牧野

但愿世间人无病，宁可架上药生尘

《我不是药神》这部电影的故事发生在上海，但是绝大多数内容都拍摄于南京。不论是程勇的印度神油店（西方巷 26 号），还是推销印度格列宁的医院（南京扬子医院），抑或张长林演讲的礼堂（江苏警官学院龙潭校区），还有影片最后的高潮——送别程勇的长街（太子山路），都来自南京的真实场景。

电影对于“程勇”这个孤胆英雄的形象刻画得非常成功，不论是从商业上还是社会层面都饱含深意。中国有成千上万的白血病患者，程勇他们只是一个缩影。电影的成功很大程度上是因为它戳中了中国“看病难”的痛点。

天价抗癌药物的存在，既是客观事实，也是我们面临的一项挑战。从科研角度来看，医疗领域的投入是巨大的，新药品的研发周期往往需要十多年，其间还伴随着研制失败的风险。从研发人员的培养到进口的仪器和设备使用，以及对成果极其严苛的标准都是行业面临的巨大挑战。药品研发通常是商业公司的任务，新药研发完成后，其销售周期往往只有几年，因为很快就会有同类型同效果的药品问世。这也是为什么很多国家抵制仿制药的原因。所以研发公司必须以高额的售价才能尽快收回成本，一旦收益不能达到预期，就会影响未来的研发。

电影热映后，引起有关部门和社会广泛关注，目前格列宁等特效高价药已纳入医保。

再次来到南京，看着这些熟悉的场景勾起了我对《我不是药神》这部电影的回忆。尽管菲林小站中写过这部电影，但在我心中仍然无法绕过它。再次重温影片，我看到了更多曾经被一眼带过的细节，也有了更多的发现和思考。

南京，这座城市宛如一本厚重史书，一页页地在我心头翻开。古都的沧桑，流淌在每一寸土地里，诉说着千年来的繁华与沉寂。那些古老的建筑，如同一首首古诗，讲述着南京的过去，也映照着南京的现在。而电影，是时光的画师，它用光与影，记录下了南京的点点滴滴。在银幕上，我们可以看见南京的烟火气，看见金陵十三钗的笑颜，看见英雄的泪光。在光影流转中，古老与现代，静谧与繁华，都在南京这座城市里找到了自己的位置。

愿世界美好，不是因为救世主，而是因为追光者。

愿你生而平凡，却不忘创造更美好的世界。

——《我不是药神》台词

洛阳 愿君只问洛阳好，岁月繁华入城来

洛阳，这个古老而又神秘的城市，是许多电影中的“常客”。

我首先想到的便是《少林寺》。说起《少林寺》，大家第一想到的就是郑州，但其实，这部电影有几场重要的戏份取景于龙门石窟。影片中李连杰扮演的觉远救了落单的李世民，两人藏身于石洞之中。当时我就对电影中出现的龙门石窟大为震撼。这部20世纪80年代的经典作品，不仅让更多人认识了少林寺，更让世界看到了伟大的中国石刻艺术。

以“狄仁杰系列”为主题的几部影片，再次让“神都洛阳”进入大家的视野。虽然影片并非在洛阳实景取景，但其背景是在武则天时期的洛阳，当时洛阳为京都。影片中的古街、古巷、古塔完美地呈现了盛唐的风貌，令人惊叹不已。其第二部《狄仁杰之神都龙王》放映前，片方更是面向全球播出30秒洛阳宣传片，把古今洛阳城呈现在了观众面前。

随着《奇门遁甲》的上映，洛阳又多了一张奇幻的面孔。这部电影将洛阳的古老传统与奇幻元素完美结合，给观众带来了一场前所未有的视觉盛宴。随着银幕上出现“龙门石窟”的字样，整座奉先寺在这部3D电影中，逼真而立体地呈现在观众面前。发生在龙门石窟的桥段，在整部影片中占有重要分量。

此外，《相爱相亲》和《一九四二》等电影也为洛阳赋予了更多的文艺气息。这些影片通过不同的故事情节和人物命运，将洛阳的独特魅力和历史底蕴呈现在观众面前。

一路繁花

洛阳在电影中的形象多种多样，每一个形象都散发着独特的魅力，令人难以忘怀。今天，就跟着电影去旅行，一起去探索洛阳这座美丽的城市。

16《一九四二》

——导演：冯小刚

『洛阳东站』尘封的历史记忆

洛阳，这座承载着历史记忆的城市，见证了无数岁月的沧桑。在它的背后，隐藏着一段鲜为人知的历史。那是1942年，河南遭遇大饥荒，数百万人流离失所。冯小刚导演把这段历史搬上了银幕，该片中不少故事发生在当时的洛阳，由张国立、陈道明、徐帆、范伟、冯远征等著名演员扮演的角色纷纷现身，他们争相挤进蒸汽机车，从后方运来的救灾物资也在这里卸载，分发到河南各地。

走进洛阳火车站，你会被它那古朴典雅的建筑风格所吸引。它矗立在城市的东边，每天迎来送往，车水马龙。高大的钟楼、复古的石砖、长长的大厅，在这里，你可以感受到岁月的沉淀和历史的厚重，感受到那个年代的独特气息，感受到那个年代人们的坚韧和勇敢。让我们在追忆历史的同时，也为我们自己的人生之旅添上一份厚重的底色。

电影《一九四二》以 1942 年河南大旱，千百万民众离乡背井、外出逃荒的历史事件为背景，分两条线索展开叙述。一条是以一个家庭在灾难中的遭遇为主线，串联起了这段悲壮的历史。虽然主题是苦难和生存，但电影也展现了人性的光辉。在生死存亡的关头，人们展现出了对生命的坚守、对家人的眷顾和对社会的责任。另一条线是国民党政府，他们的冷漠和腐败，他们对人民的蔑视推动和加深了这场灾难。

通过观看《一九四二》，我更加理解了历史的重量和人性的多元性。在生死存亡的关头，人们展现出了对生命的坚守、对家人的眷顾和对社会的责任，电影展现出了人性的伟大与渺小、善良与邪恶、无私与自私。比如有人会为了救亲人而牺牲自己，也有人会为了自己的利益而背叛亲人。这部电影提醒我们，讲述历史不仅是重塑或还原事件，更是对人性和社会的反映。

17《少林寺》

——导演：张鑫炎

龙门石窟与武侠世界的隔空对话

站在龙门石窟的下方，我感受到了中国石刻艺术的崇高气息。在历史长河的沉淀中，一尊尊精神饱满的大佛静静地看着岁月的车轮，它们是历史的见证人，默默地叙述着过去，又预示着未来。这些大佛以它们独特的方式，展现出人类对超越生死的渴望和对无限真理的追求。

站在龙门石窟的下方，我似乎穿越到了那个曾在儿时记忆中留下深刻印象的电影——《少林寺》。那部电影也如同一颗明亮的流星，划破了我心中的未知，让我对武侠世界充满了向往。如今重温这部经典，我发现它所展现的远不止武术与战斗，更深藏着对人性和情感的探讨。

李连杰饰演的少林弟子以其勇敢与坚韧，凸显了追求真理和坚守正义的价值观念，这无疑给我留下了深刻的印象。电影中的情节设计得精细入微，人物性格饱满，情感丰富。特别是李连杰与其他角色的交流与互动，让我感受到了情感的丰富和人性的复杂。此外，电影中的配乐如同诗篇般优美，它们与剧情和场景完美融合，使观众能深入感受电影所表达的情感和意境。这些音乐在电影结束后，仍然在许多观众心中回响，成为永恒的经典。

龙门石窟作为中国石刻艺术的代表之一，与《少林寺》一样见证了岁月的变迁，一个饱含庄严与神秘，一个充满热血与激情，二者一静一动，却同样充满了韵味和故事。两者之间的对比和融合让我深刻地认识到中国文化的多样性和丰富性，也让我更加敬仰中国石刻艺术和历史文化的独特魅力。

18《相爱相亲》

——导演：张艾嘉

『孙都古村』中的女性力量

我驻足在那片金黄的麦田中，沐浴着落日斑驳的余晖。它宛如一条蜿蜒的河流，温柔地穿过这个清秀古朴的村庄。这个被列入“第四批中国传统村落”的地方，就是孙都村。这里也是电影《相爱相亲》的取景地。

古老的房屋错落有致，仿佛在向我们诉说着几百年来沧桑岁月的故事。每一块石头、每一片瓦都带着岁月的痕迹，见证了历史的变迁。它们经历了世事的风雨，却依然保持着明清古村落的原始风貌，仿佛时间在这一刻被定格，为我们留下了珍贵的农耕文明遗产。

行走在孙都村的古街小巷，每一步都仿佛在穿越时空，让人置身于电影故事中。《相爱相亲》这部电影作为菲琳小站的首篇作品，于我而言是有着特殊意义的。不仅仅因为这部电影在洛阳取景，也不仅仅因为这部电影有我喜爱的张艾嘉，更重要的是这部电影以三代女性为主题，通过细腻的刻画，深刻地揭示了她们在传统与现代之间的挣扎和追求。深受封建思想束缚的外祖母，渴望自由和爱情的母亲，最终她们的理想在女儿这一代勇敢地得到实现。

这部电影让我深刻地感受到了女性在历史长河中的成长与奋斗。影片那种隐隐地对女性冲破世俗牢笼的力量描写，让我敬佩。

同时，它也让我重新审视了女性的地位与价值，这也是菲琳小站创建的初衷。

孙都村，它成为展现洛阳悠久历史的一个缩影。在这里，我仿佛看到了岁月如歌，光影如梦，8 毫米的胶片将这座古城的每一个细节都记录了下来。那些故事就像古老的歌谣，被一位耄耋老人吟唱着，向我们诉说着这座城市的沧桑和辉煌。

置身于洛阳一个又一个的影视场景中，我们仿佛与角色融为一体，亲身感受那段波澜壮阔的历史。漫步在古城墙下，我们仿佛能听到历史的回响和岁月的流转，每一块砖石都诉说着千年的故事，让人惊叹古人的智慧与才情。漫步在古城墙下，每一寸光芒都展现出古城的庄严肃静，将我们带回那个鼎盛的时期。

如今的洛阳，在保留历史沉淀的同时也具备了新时代的风貌。在这里你还可以感受到淳朴的民风，这里的人们热情好客、勤劳智慧，他们用双手创造出了一个繁荣的洛阳。这里的风土人情、历史积淀、文化传承和自然风光交相辉映，更加让人们流连忘返、陶醉其中。

大连 凭海临风，心随云卷舒，情随花开落

大连，这座美丽的海滨城市，如同东北大地上的一颗璀璨明珠，闪耀着迷人的光彩。在这里，摩登的城市建筑与20世纪充满故事的老街、老厂区交相辉映，共同谱写着城市的历史与文化。同时，大连的自然风光也令人陶醉，使人流连忘返。

踏上这片土地，你能深刻感受到东北人民的坚韧与热情。他们对这片土地的热爱与眷恋，如同大海对沙滩的拥抱，深情而真挚。随着影视业的蓬勃发展，大连也成为众多电影导演的取景地。一部又一部电影，为这座城市注入了新的灵魂和温度。

19《夏洛特烦恼》

——导演：闫非 彭大魔

人生没有悔不当初，只有义无反顾

电影《夏洛特烦恼》改编自“开心麻花”同名舞台剧，影片讲述了夏洛参加昔日校花秋雅的婚礼，大闹现场并在梦中意外穿越到学生时代的故事。《夏洛特烦恼》在沈腾的演艺生涯中无疑占据了举足轻重的地位。穿越的梗已经被市场盘到“包浆”，仍旧不妨碍这部电影成为当年喜剧界的一匹黑马。演员的搞笑演绎，无疑是《夏洛特烦恼》成功的关键。那一年，互联网上流传着这样一句话“沈腾是长在我笑点上的男人”。也是从这一年开始沈腾将喜剧的魅力从剧场延伸至大银幕，开创了属于自己的独特喜剧风格。

电影的主要拍摄地在大连，其中旅顺晶体管厂、金州火车站、三九路、星海湾都是影片中的重要场景。演员诙谐幽默的演绎和东北得天独厚的气质完美融合，其中很多场景都让我们梦回那个充满挑战和机遇的九十年代。

“穿越”后的夏洛，靠着之前的记忆开启上帝视角，事业有成，迎娶女神，弥补了当年的遗憾，走上人生巅峰。而过于顺风顺水和翻云覆雨的权力，让他终于迷失了自己。一面是富足生活下的貌合神离，另一面是贫贱现实的同甘共苦，两相之间形成了鲜明对比，再好吃的山珍海味，也比不过那碗热气腾腾的茴香面。人总是这样，太容易得到的永远不会珍惜，再理想的生活依然可能一地鸡毛。于是他愿意倾尽所有换回曾经的生活。

如果人生可以重来，你会怎样选择？就像一场游戏，你清楚地知道怎么通关，下一步该怎么出击，知道哪里有隐藏，有加持，有无数次重启的机会，你就会真的幸福吗？是追随内心的热爱，还是屈服于现实的压力？人究竟要怎样才能过好这一生？我们每个人都生活在自己的主观世界里，无非就是明白一个道理，不对过去耿耿于怀，因为“现在”才是我们真正经历和唯一拥有的。要记住世界其实是无比单纯的，每个人都能幸福，而幸福的密码就是有勇气接受别人的讨厌。或许，真正的幸福，并不在于选择的正确性，而在于我们是否真心地去面对、去拥抱每一个瞬间。

电影也让我们看到喜剧的纯粹，好笑就行了。不需要多么深刻晦涩的大道理，也不用多么烧脑的剧情，在平凡无奇、心不在焉的日子里，我时常会重温这部影片，让其中的幽默与温馨驱散生活的沉闷，一笑而过。

20《你好，之华》

——导演：岩井俊二

青春是岁月流转中不变的纯粹

《你好，之华》这部电影是由日本导演岩井俊二执导，并与陈可辛合作监制的一部爱情片。电影是在大连拍摄的，其中很多重要的场景取自旅顺太阳沟一处民宅，尹川对之南的回忆、爱恋与祭奠，都在这里留下了深刻的记忆。落叶纷飞的林荫大道上，五彩斑斓的景色与周围日式老建筑交相辉映，让我们感受到大连这座城市独有的典雅与浪漫。

影片主要讲述了之华代替去世的姐姐之南参加初中同学会，而被同学们误认为是之南的故事。当之华看见年少时倾慕的学长尹川时，她那份深藏心底的情感被唤醒。古灵精怪的之华决定继续扮演姐姐，以无需回信的方式给尹川寄去了一封又一封的信件。

每个人的青春都有难以忘怀的故事，那些遗憾伴随着时间的沉淀，变成我们忘不了的白月光。那些书信就仿佛时光的隧道，将她和尹川共同带回了那段青涩而纯真的青春岁月。每一封信都是一段回忆，每一段回忆都是一次心灵的触动。之华通过书信向尹川倾诉着内心深处的秘密，这些秘密或许是对过去的遗憾，或许是对未来的期许。但无论如何，它们都成了两人之间最真挚的情感纽带。

电影以一场葬礼开始，但并不沉重压抑，反而通过信件与回忆的穿插，将我们带入了那段已逝的校园时光。葬礼，是对生命无常的哀悼；而校园生活，则是对匆匆青春的追忆。岩井俊二巧妙地用这两个元素，将观众的情感牵引到岁月的长河之中，让我们共同感受那逝去的年华。

在岩井俊二的世界里，一切都充满了诗意与克制。即使是悲伤的葬礼，也总能找到一丝温馨与希望。他擅长在含蓄中展现人物的内心世界，让每一个角色都显得如此立体而生动。电影中的疏离感，并非刻意为之，而是对生命中缺憾与误会的深刻反思。岩井俊二用他独特的视角，让我们重新审视那些关于青春、成长、时间的故事。

岁月匆匆，年岁渐长，我却愈发为那些简单纯粹的故事所打动。有如这部《你好，之华》，每每回顾，总能触动内心深处的那份柔软。岩井俊二，这位日本电影界的举足轻重的导演、编剧、小说家……他的每一部作品都恰如温暖的春风，轻轻拂过心田，带给我无尽的宁静与温暖。青春对岩井俊二而言，既是他作品的底色，也是他心中永远的牵挂。他就像一位少年，怀揣着对生命的热爱与对青春的怀念，用镜头记录下了那些关于青春的美好与遗憾，短暂却绚烂。

21《涉过愤怒的海》

——导演：曹保平

别让爱成了无法被宽恕的彼岸

在大连市瓦房店排石村，有一处伸向渤海辽东湾的岬角。由于石头密度较低，常年遭到海水海风的侵蚀，这里形成了独特的海蚀地貌。举目远眺，大海中散落着大小不等、高低不同的石头，像扇子一样伸向大海之中，排石村因此而得名。这里是电影《涉过愤怒的海》的重要拍摄地之一。2019 年导演曹保平携剧组在大连拍摄达三个月之久。该片改编自老晃同名小说，讲述了一个父亲得知女儿在异国他乡遭杀害之后疯狂复仇的故事。

看完电影《涉过愤怒的海》以后，我几乎是瘫坐在座位上的，同时也感叹国产电影尺度之大。之所以这么说，并不是因为电影中有多么暴力的画面，而是因为它赤裸裸地撕开了一部分中国家庭那些看似“以爱为名”的“遮羞布”。

影片的前半部分让观众很容易把它错认成一部充满行动力的复仇大片。影片开头面对女儿的死讯，老金试图以威严的父亲形象来应对。然而，随着情节的推进，我们逐渐发现，他的愤怒并非源自悲伤。例如，当看到女儿尸体时他无法控制地呕吐，躲在衣柜里自残却忽视门板上的画，甚至拿着女儿被侵害的视频给别人看只为了教训那些人……这些行为更像是他在用愤怒“扮演”一个父亲应该表现出来的样子。直到真相逐渐揭开，我们才明白，这份愤怒背后的父爱，更多的是“父权”之下的自我感动。

电影上映后，网上有很多负面的评价，认为女孩是自作自受，为什么那么多留守儿童、山区的孩子，没有像她那样的极端。我们总是习惯于用“归因论”来寻找悲剧的根源，却往往忽略了日常生活中的细节。马斯洛需求金字塔揭示了人类需求的层次，而每个时代的孩子，都站在不同的需求起点上。老金这样的父母，他们用自己的方式满足着孩子的需求，却往往忽略了孩子内心的真实渴望。他们以“为了你好”为名，将自己的期待强加给孩子，却未曾真正倾听过孩子的声音。

影片中的另一个角色李苗苗，他近乎病态与冷酷的行为同样引起了我们对人性、家庭以及教育等多重维度的深思。李苗苗并非天生的恶魔，出身富二代的他，7岁炸青蛙、9岁拔掉奶奶呼吸管、玩蹦床致妹妹终身瘫痪，面对如此恶劣的行为，他的父母并没有严厉的惩罚和教育，而是用一次次的放纵和无动于衷来回应他的行为。这也让李苗苗的内心世界越发扭曲，只有不断追寻更大的快感和刺激，才能填补内心的空虚和不安。他的行为越来越极端，越来越冷酷，直到彻底沦为一个无情的怪物。母亲无节制的溺爱，父亲的冷漠无视让李苗苗在成长过程中逐渐失去了对生命的敬畏和对亲情的珍视，最终走向了冰冷和绝望的深渊。

原生创伤让每个人都成为一座孤岛，有的人看似离开了，却仍然深陷其中。李苗苗如此，娜娜亦是如此，即使她远赴日本，但只要看到水，她就会回想起那个被父亲扔进海里的童年。那种窒息的感觉，让她误以为被爱是种痛苦的经历。这就是她从小感受爱的方式，也是老金对女儿表达爱的方式。所以成年后的她追求的爱变得扭曲而疯狂，面对李苗苗近乎变态的做法，她却从中找到了被爱的感觉。因为在她的心里，爸爸是爱她的，即使他的方式让她痛苦不堪。这种爱，虽然充满了痛苦和扭曲，却也是她对爱的深深渴望和追求。

愤怒，如同海浪般汹涌澎湃，看似可怕，但只要海面没有船只，它也只能无情地拍打着空气。而这愤怒之下隐藏的无力与无能，却让我们更加深刻地反思。真正的爱，应该是尊重、理解和包容。只有这样，我们才能跨越愤怒的海洋，到达真正的彼岸。

唯有父母之爱，是人一生最初与最终的“安全岛”。

——《涉过愤怒的海》台词

22《保你平安》

——导演：大鹏

谁说站在光里的才算英雄

电影《保你平安》是一部由大鹏自导自演的一部商业喜剧电影。这部电影的主题更像是一则深刻的社会寓言。该片讲述了这样一个故事：一个因义气挺身而出，为朋友打抱不平而入狱的中年男子魏平安，出狱后，他成为一名墓地推销员。为了洗清已过世客户韩露所背负的网络“黄谣”，他踏上了一条充满争议和挑战的洗冤之路。

影片中有一句台词："当你张嘴说一个人是'小姐'的时候，不管是不是，她都已经是了。"我刚反应过来，就瞬间被这句话扼住了喉咙。是啊，一个女孩如何能在别人嘴里"自证清白"？这好像是无解的。电影的英文名是*post-truth*——后真相。在这个"后真相时代"，互联网成了一把双刃剑：一方面，它为我们带来了前所未有的便利与自由；另一方面，它也成为抹黑他人、制造谣言的温床。一张模糊的照片、一条朋友圈的截图，甚至是一条不负责任的评论，都可能成为摧毁一个人名誉的致命武器。

在这个故事中，魏平安是一个小人物，但他却一根筋地想要做一件周围人都觉得没必要的事。也正是这份坚持与执着，让我们体会到这看似荒诞的背后，其实是每个人对于内心深处那份敢于仗义执言的善与勇的追问。面对重重难关和自我怀疑，他从未放弃过。世界太大，不平事自然时时都有，但是能横下一条心非去求个真相的人并不多，上一个在银幕中这样执拗的人叫秋菊。或许在成年人的世界里，我们应该存有像孩子一样只问对错的纯粹之心，这样的坚持让我们看到人性的可贵。他们的故事告诉我们：结果固然重要，但更重要的是追求真相的过程和如何在困境中保持坚定的信念。

大鹏说拍摄电影的初衷，是想要通过一部作品跟大家共同探讨，一个人是如何在口口相传里变成了另一副模样。在这个信息爆炸的时代，我们如何保持对事实的判断力？如何在网络的迷雾中坚守真实与善意？魏平安的故事告诉我们，英雄不一定站在光里，真正的英雄是在黑暗中依旧坚持寻找光明的人。

电影最后《祝你平安》的旋律缓缓升起，“人生自古，就有许多愁和苦，请你多一些开心，少一些烦恼……”魏平安骑着电动车行驶在跨海大桥上，夜晚时分的跨海大桥在霓虹灯的照射下别有一番风情，风光无限。天空中绽放的烟花更加璀璨夺目，这是韩露生前送给他的一份礼物，每一朵烟花都承载着她的善意与祝福，绽放在魏平安的心中，也绽放在我们每一个人的心里。

来人间吧，这里是个好地方，你来人间一趟，这里有朗朗的太阳。

每一次的电影之旅，都是一次心灵的洗礼与升华，引领我们穿越时空的隧道，探索那未知而神秘的世界。从1997年的三九路，到落叶缤纷的太阳沟，从烟花绚烂的跨海大桥到汹涌澎湃的排石景区……

在这些画面中，我们感受着青春的热血与冲动，体验着成长的遗憾与希望。电影的每一个细节都如同一面镜子，映射出我们内心的渴望与挣扎。当我们走出电影院，仿佛也带着一种新的视角和理解回到了现实世界。电影之旅不仅是一场视觉的盛宴，更是一次心灵的触动。它让我们在黑暗中寻找光明，在故事中寻找共鸣，在角色中看见自己的影子。这样的旅程让我们更加深刻地理解生活的多样性和复杂性，也让我们更加珍惜自己所拥有的每一个瞬间，更加热爱这个充满奇迹与可能性的世界。

西藏 上篇——人若如初初若世，天地我心空灵镜

如果有一个地方能让我感觉到心灵的宁静，那一定是西藏，这里是很多人心驰神往的诗和远方。随着年龄的增长，我对于西藏更是无比喜爱，以至于总想找一个特别的时间好好体验一下西藏。但是正是这种执念反倒让我一次次错失时机，看来，旅行的确是需要有说走就走的勇气。

西藏有着明媚的阳光，洁白的云朵，仿佛一伸手就能够到的

天空，深邃的湖泊，连绵不断的皑皑雪山，还有虔诚笃行的朝圣者……

西藏有太多太多美好的地方，也有太多太多我想去的地方。我想去冈仁波齐转山，体验朝圣的洗礼和净化；想去拉萨看看雄伟的布达拉宫，阅读历史的辉煌与记忆；想站在神湖拉姆拉措前，看看能不能望到自己的前世今生……

西藏，是我一直向往的地方，神圣而美好。在我的记忆里关于西藏的电影有很多，印象较为深刻的有三部：《红河谷》《可可西里》和《冈仁波齐》。关于西藏，我也会将这三部电影分为上下两篇文章来说说我对西藏的感受。

神游——体验西藏的神奇、神秘、神圣

我想体验西藏的神奇。听说西藏的春天是从林芝盛开的第一朵桃花开始的，你很难想象在那样的气候下西藏从来不缺花团的点缀。西藏的花是坚强的，是倔强的，因为它们从不惧风雪，三四月的桃花、梨花，五月的马兰花，六月的高山杜鹃，七月的油菜花，八月的格桑花。不同月份的花海和皑皑雪山相得益彰。

浮云环山带，横卧玉千叠。天地河谷炊，花开遍野芬。

西藏的雪是灵动的。当你还欢喜地在金灿灿的油菜花田里肆意奔跑时，一转身就会看到天空中竟飘着不合时宜的雪花，只能赶紧将美丽的裙摆收到笨重的棉衣之下，抬起头又仿佛能抓到离你最近的云朵，此时你一定会惊叹西藏的神奇。

我想体验西藏的神秘。我想去看看1600多年前青藏高原上显赫一时的象雄王国，感受那个游牧民族留下的千古之谜。那些曾经深埋在泥土中的遗址，那些印证着历史曾经存在过的记忆，都随着现代人的发掘逐渐被开启，一次又一次地将历史向前推进。

我想体验西藏的神圣。沿着雅鲁藏布江一路驰骋，爬过最后垂直200米的山路，我坚信在我与拉姆拉错相见的那一刻，我一定能看到自己的前世今生。身体在历经沿途的洗礼后，一定会找到心灵的宁静与归宿。

一路繁花

在冈仁波齐的环山之路，我们步步虔诚，一句祈愿，一声感恩，愿世界和平，人民安康，万事如意。

——《冈仁波齐》台词

23《冈仁波齐》

——导演：张杨

身体在地狱，精神在天堂

西藏的美从来都在路上，正如一步又一步朝圣的信徒。张杨导演历经多年，拍摄了《冈仁波齐》。这是一部用纪录片手法拍出来的故事片。

这部电影故事简单，却震撼心灵。影片讲述了十一个藏族人，从芒康出发，走了两千多千米，去拉萨和冈仁波齐山朝圣的故事。队伍里有男人有女人，有大人有小孩，有青年人有老人，还有孕妇。小孩和孕妇的出现让很多人觉得这是导演的刻意为之。作为一个母亲，我在最初看电影的时候也有这样的疑问，为什么怀着孕也要去，为什么不能生完孩子再去呢？但是看完之后的感受就是，对他们来说朝圣是一件很光荣很幸福的事情。我们之所以不理解，是因为觉得很苦，充满危险，但是他们认为这是一种神圣。当你真真切切地感受和体会朝圣路上每一次俯身所付出的气力，就理解了藏族人民血液里最自然坚定的信仰。老人、孕妇、孩子都只是朝圣之路中最普通的个体。

《冈仁波齐》这部电影从商业的角度来看，价值寥寥无几，为什么要拍这样的电影？就像陆川在拍《可可西里》时说的，不是所有电影都是为了娱乐大众，《冈仁波齐》亦是如此。

朝圣是信仰，爱与被爱亦是信仰，生活中从来不缺信仰。信仰更是敬畏，敬畏生命，约束心灵，人要有敬畏之心，它是生命的不朽与延续。最本初，他们相信生命的轮回及善恶的惩戒。在法律干预不到的地方，信仰是坚守人类文明的最后底线。

一路繁花

当我们纠结以哪种形式去表达信仰的时候，往往忽视和误解它的力量。世界是多元的，不同地理环境造就了不同的人，适者生存说的就是这个道理。我们因环境而生，因环境而改变，因环境而形成。信仰这个词语来自宗教，但是随着时间的推移，每个人都对它有着自己独特的解读。

无论遇到何种天气和环境，朝圣者都不能停止磕头，雪天就在雪地里行走磕头，遇到水洼就在水洼里磕头，遇到小河就脱下衣物趟过去。车被撞了，问清缘由后就放“肇事者”离开了，车坏了男人们就推着车，走远后把车停下再返回到刚才推车的位置继续磕头，他们行走的每一步都是用心去丈量，朝圣的路没有任何的投机取巧。“头要磕出包才好”，我总能想到那个可爱的小女孩扎扎，她是那么听话、懂事，眼睛永远那么清澈。还有队伍里的老人，耐心地祈祷，为年轻人解答疑虑，每个夜晚他们都会围炉而坐，想家了就打个电话，简单的问候，不想说话了就开始讲经。电影里很多的画面都让我久久不能忘怀，我时常感觉我和他们仿佛活在不同的两个世界。

或许生命的长度让我们更应该边走边做，在失败中总结，学习，计划，实践，再总结。其实我们每个人都正在朝圣的路上前行，每一个念头，每一个发心，每一次决定，都坚定了方向，或许会走错路，或许会走岔路，但终有一天我们会知道我们为什么而前进，知行合一，笃行致远。就像《冈仁波齐》里说的："这个世界上没有什么生活方式是完全正确的，神山圣湖并不是重点，接受平凡的自我，但不放弃理想和信仰，热爱生活，我们都在路上。"

西藏　下篇——生命的意义和价值以另一种形式永存

在西藏，从来不缺乏那些承载着历史与传说的美丽山川，正如《红河谷》和《可可西里》所描绘的那样。这两部电影都深刻地展现了西藏大地上的人文和自然之美，并探索其中包含的深层意义。

在《红河谷》中，我们看到了一个底层人民艰难抗争、砥砺前行的故事，也领略了雄浑壮阔的雪山风光和令人叹为观止的长江、黄河、雅鲁藏布江三江奔腾而过的磅礴气势。而在《可可西里》中，则呈现了一个拯救藏羚羊的危机事件，同时将我们带入了一片神秘而神圣的高原区域，领略到了超凡脱俗的自然景观和人类对生命意义的探寻。

尽管这两部电影各具特色，但它们所表达的共同主题却非常相似：尊重自然，珍惜生命，关注人类命运。这也是西藏吸引我的重要原因。

24《红河谷》

——导演：冯小宁

历史的深度和人性的温度

小时候第一次看《红河谷》，一下子就被影片中那美轮美奂的异域风光和那豪迈洒脱的康巴汉子所吸引。然而，即便我长大成人，仍无法遗忘藏族老阿妈关于神山的传说：“雪山女神有三个儿子，一个叫长江，一个叫黄河，还有一个叫雅鲁藏布江……”当时，我的认识并未达到电影史诗般的意境和民族大义，直到后来，我才真正领悟其深刻内涵。

在那个列强环伺的时代，每一座城市都可能成为侵略者的目标，西藏也不例外。自 1888 年至 1904 年，英国先后发动了两次侵略中国西藏的战争，并与沙俄国编造出一个“宗主权”的概念，企图篡改中国对西藏地方的主权归属。——来源：西藏人民政府官网。电影《红河谷》的剧本正是以江孜保卫战作为历史背景编写而成，这部中国历史上首部描写藏族军民抵御英军入侵的史诗电影在中国影史上具有举足轻重的地位。

《红河谷》这部电影之所以珍贵，在于它不仅描绘了侵略战争，更深入剖析了列强入侵背景下的政治腐败和社会矛盾。片中底层人民雪儿达瓦对命运的激烈抗争，让观众对历史的残酷和命运的无奈感同身受。同时，在这张描绘“中国时局”的画卷中，一位拿着铜钱的清朝官员站在那里，象征着腐朽的清朝末期政府对于百姓的横征暴敛。

电影中的故事充满力量：当我看到邵兵扮演的藏族小伙子拿着哈达准备迎接自己的朋友时，他等来的却是炮火。那一刻我心如刀绞，这个农夫与蛇的故事再次上演，如同当年的美国与印第安人。罗克曼抓住了丹珠，剥去衣服押上小山岗，用最无耻的方式，逼迫藏族同胞投降。但丹珠宛若仙女般唱起了歌，藏族同胞和着唱起来，面对死亡毫无惧色。丹珠面带微笑将一颗炮弹掷向火药堆，随着一阵爆响，烈火吞没了整个小山。这场战争不只是侵略与屠杀，更是弱者的反抗与坚韧。

电影《红河谷》，以一个未经世事的小孩的眼睛，带观众目睹生命、信仰、自由、战争、死亡、文明与野蛮。

25《可可西里》

——导演：陆川

荒野中的英雄主义与道德挑战

作为以考验人性为主题的电影，不管是从故事题材，还是从角色表现上，都让人深受感动。在可可西里的无人区中，我们沿用多年简单明了的好坏评判标准彻底失效。好与坏可以在瞬间转换，正如生死一样不可预测。

穿过可可西里的无人区，每一个脚印都可能成为人类留下的第一个脚印。我们永远不敢想象人类为了利益会做出什么样的事情。有时候，一些人心里比身体干净，有教养的屠夫和未开化的良知也并非绝对。

在影片中我们看到了一群悲壮的英雄和他们的生活现状，我们看到了一群理想主义者的弱小和悲哀，这让我们欲哭无泪。

整个电影都被蒙上了一层不可名状的模糊感，充满着拉扯感、复杂感、英雄主义和现实主义的碰撞感，制度与现状的抵消感，自我与身份的矛盾感，但似乎每一个都是不可或缺的。

这些角色更像是一群弱小的理想主义者，即使生活艰难也背负着崇高的理想和沉重的责任，勇敢地前行。电影中的名言“用已经死的藏羚羊来保护活着的藏羚羊”道出了他们卖羊皮的原因，也诠释了在无人区生存的方法。

《可可西里》这部电影通过真实的拍摄方式和演员们精湛的表演，向观众展现了一个充满荒凉和美丽、坚韧和深情的西藏。

与《红河谷》一样，通过对人性的考验来探讨更深刻的问题。让我们更加深入地了解和感受这片神秘的土地，并思考当今社会中那些复杂而令人困惑的道德和价值观念。

我一直想去西藏，沿着红河的流域感受历史的印记。我渴望看一看可可西里的壮美景色，那里一望无际，有在雪山之中徜徉的藏羚羊。

总是有人告诉我，可可西里没有海，但西藏的故事从来不会结束。在这个神秘而美丽的地方，隐藏着多少平凡的故事，它们让我们心之向往，终有一天，我希望能够如愿以偿走进西藏。在这里，我相信可以感受到一种不同的信仰，一种生命没有尽头的境界。因为在这里，你会深刻体会到生命的意义和价值，坚信它会以另一种形式永存于世间。

漫步在可可西里的每一个角落，却是对自然和生命的敬畏和感慨。

——《可可西里》台词

杭州 浅笑，低吟，光影之上谱写的“人间天堂”

久违了，今天让我们再次跟随着光影流转，开启这段独特的旅行。

这一次我想跟随电影的镜头去探索那座被誉为“人间天堂”的城市——杭州。

在这里，每一部影片都是一扇窗，透过它们，我们得以窥见杭州的山水之美、文化之深和人情之暖。从武侠的豪情到街舞的热烈，从家族的温情到社会的反思，杭州不仅是一座城市，它在电影中呈现了多重面貌，让我们“跟着电影去旅行”来到杭州，体验一场场视觉与心灵的盛宴。

26《卧虎藏龙》

——导演：李安

剑气箫心，江湖梦归

在那刀光剑影交织的江湖里，侠客的情怀如同一首无声的诗，流淌在中国电影文化的血脉之中。岁月悠悠，无数武侠电影如流星划过夜空，留下一道道难以磨灭的光影，它们以独树一帜的风格和深刻的内涵，捕获了无数观众的心。而杭州，这座被誉为“人间天堂”的城市，正是《卧虎藏龙》中江湖情怀与现实之旅的完美交汇点。

记得那个 2000 年的春天，李安携带着他的《卧虎藏龙》，在戛纳电影节的璀璨星光下首次亮相。这部由周润发、杨紫琼、章子怡、张震等巨星联袂呈现的武侠动作片，以演员精湛的演技和电影蕴含的深刻情感，震撼了世界。2001 年，《卧虎藏龙》在奥斯卡的舞台上大放异彩，荣获包括最佳外语片在内的四项大奖，至今仍然傲视华语电影界，成为唯一一部获此殊荣的作品。

李安，这位纵横中西的导演，巧妙地将中国武侠的风格与爱和自由的理念相融合，让来自不同文化背景的观众都能在自己的心中，找到一份独特的解读。

转眼间，二十四年如白驹过隙，而《卧虎藏龙》在武侠的世界里，依旧占据着不可动摇的地位。章子怡饰演的玉蛟龙，以她那轻盈灵动的身姿，完美地诠释了角色的不羁、自负与灵动。玉蛟龙的江湖梦，从师娘碧眼狐狸的口中诞生，却在超越师父的那一刻，变成了对未知的恐惧。于是，她踏上了寻找真正属于自己的江湖的旅程。在她的眼中，江湖就是一场游戏，一场关于喜欢与不喜欢，好玩与不好玩的游戏。

而李慕白与俞秀莲的江湖，则是一种截然不同的存在。俞秀莲的信念，既是江湖中的侠气，也是如枷锁一般的道德与礼教。她因为一纸婚约，束缚了自己的一生，虽然活着，却失去了生命的鲜活。她对玉蛟龙说：“我虽然不是出身官宦，但一个女人一生该服从的道德和礼教并不少于你们。”她的言语中，既有对自由的渴望，也有对传统道德的信仰和坚守。

李慕白，这位沉默寡言的剑客，他的出场伴随着一段深刻的独白，透露出他内心的孤寂与未解之谜。他的心事，一是师仇未报，二是对俞秀莲的深情。他用生命的最后一口气，向爱人表达了自己的爱意，放弃了可能达到的武学巅峰。因为在他心中，有爱即使在最黑暗的地方，也不会让人成为孤魂的力量。

竹林中的那场大战，章子怡与周润发的对决，贡献了教科书式的经典一幕。李慕白的武学境界，超越了肉体的束缚，达到了灵魂的层面。而玉蛟龙，虽然武艺高超，却涉世未深，对世间的纷繁复杂尚存迷茫，在这场对决中，她也感受到了与李慕白之间武学境界的鸿沟。

《卧虎藏龙》中的世界，是多彩的。江南的绿意盎然，塞外的黄沙漫天，京城的黯淡无光，以及最终窑洞的深沉黑暗。江湖里卧虎藏龙，刀剑里暗流涌动，人心里又何尝不是充满了复杂与矛盾？

影片的最后，随着玉蛟龙的身影跃入云端，她的故事似乎画上了一个句点，却又仿佛开启了无数可能。《卧虎藏龙》不只是一部影片，它还是一段传奇，一场梦，一次心灵的触动。它讲述的关于梦想与现实、自由与责任的永恒话题，是每个人内心深处对于超脱平凡、追求非凡的渴望。

这世间卧虎藏龙，你我只是其中的一员。

——《卧虎藏龙》台词

27《热烈》

——导演：大鹏

存在本身就是一种无法替代的美好

电影《热烈》是一部由大鹏执导，黄渤、王一博领衔主演的喜剧电影。该片主要讲述了街舞少年陈烁，在面临重重困境时，依然坚守着对街舞的热爱与梦想的青春励志故事。一次偶然的机会，他遇到了人生中的伯乐——丁雷。在丁雷的引领下，两人携手面对各种挑战与困难，带领团队不断突破自我，最终共同迈向成功。

在电影中，陈烁与丁雷的许多重要互动场景都是在杭州的街头巷尾拍摄的。他们穿梭在古色古香的老街中，与这座城市的古老与现代交织在一起，形成了独特的视觉冲击力。此外，电影中的一些重要街舞场景也是在杭州的一些标志性地点拍摄的，比如西湖、繁华的商业街区等。这些场景不仅展示了杭州的美丽风光，更为电影增添了许多动感与活力。

影片中的主人公陈烁，是一个自小便对街舞怀有深厚情感的年轻人。然而，命运并未给予他太多的眷顾，家庭的重担压在他的肩上，让他难以轻松前行。但即便身处困境，陈烁也从未放弃对街舞的热爱与追求。

一次偶然的机会，他加入了丁雷经营的街舞团——“惊叹号”。尽管在团队中遭遇了许多困难和挫折，陈烁始终坚信只要付出努力，就一定能够成功。

丁雷作为街舞老炮儿，在遇到陈烁后，不仅看到了他身上的潜力，也被他的坚持和拼搏精神打动。在陈烁的影响下，丁雷重拾了最初的信念，两人亦师亦友的关系也带给彼此无与伦比的力量。

电影《热烈》以陈烁和丁雷的故事为主线，展现了一场关于青春、梦想与拼搏的励志传奇。他们用自己的热血与无畏，带领着“惊叹号”的成员们，共同书写着专属于这个夏天的热烈。影片不仅展现了小人物的追梦之旅，更向观众呈现了一场关于代际传承的动人故事。丁雷的一句“一直努力就会成功”，如同信仰之光，照亮了陈烁前行的道路；而陈烁的坚持与拼搏，也让丁雷找回了曾经的初心与激情。

电影中，陈烁与母亲之间的情感尤为打动人心。面对孩子的热爱与追求，母亲无条件地支持他，从未强求他找一份稳定的工作，也从未限制他的人生选择。当陈烁对母亲说“我可以”时，母亲却深情地回应：“不可以，也是可以的。”正是这份家人的支持与理解，让陈烁在追梦的道路上更加坚定与勇敢。

北野武说：“抱着梦想，抱着目标，努力就会成功，不要被这样的话术骗了，什么都没有也很好，人被生下来、活下去、死掉，光是这样也很厉害。”

事实上，人生就像一本无字书，每个人都是自己人生的创作者。有的人或许能够达成心中的目标，站在成功的巅峰，但更多的人则是在人生的道路上摸索前行，时而迷茫，时而坚定。但这并不意味着他们的人生就没有价值，没有意义。

有时，我们会为了某个目标而拼尽全力，但最终却未能如愿以偿。这时，我们会感到失落和沮丧。但请记住，失败并不意味着终点，而是新的起点。我们可以从中吸取教训，调整方向，再次出发。

有时，我们未能找到那个值得为之奋斗一生的理想。但这并不意味着我们的人生就失去了方向和意义。因为，人生的意义并非只在于追求某个具体的目标，更在于我们如何度过每一天，如何与他人相处，如何对待自己。

所以，不要被“成功”这个单一的标准所束缚，也不要因为未能达成某个目标而否定自己的人生价值。我们要相信，存在本身就是一种无法替代的美好。我们被生下来，活在这个世界上，经历着人生百态，这就是一种难得的美好。

28《春江水暖》

——导演：顾晓刚

时光留痕，岁月留香，心自成暖

《春江水暖》不仅是导演顾晓刚的首部剧情长片，更是他山水画卷的序曲。这部影片深情款款地讲述了杭州富春江畔一家三代人在生活中的挣扎与抉择，如诗如画地展现了他们对生活的美好向往。

每个镜头都弥漫着真挚而自然的气息，既有浓郁的人间烟火，又深深根植于本土文化与情感之中。它像一首浪漫的散文诗，让人沉醉其中，感受着那份对家族、对生活的深深眷恋。

影片对家族的描绘，宛如一首悠长的叙事诗，唤起了我们对过往岁月的回忆与怀念。家族，曾经是我们生活中坚固的堡垒，它荣辱与共、风雨同舟的精神，让我们在人生的旅途中，总能找到一份坚实的依靠和温暖的指引。家族的大树，见证了历史的变迁，承载了无数的情感与记忆，它的存在，本身就是一种力量和信念。

然而，在现代社会的快速发展中，家族的概念似乎正在悄然改变。那些传统的规矩和习俗，对于年轻一代来说，已经成为难以理解的过去。但是，《春江水暖》这部电影，却以其独特的视角和深刻的情感，让我们重新审视家族的意义，让我们明白，无论时代如何变迁，家族始终是我们情感的港湾和精神的家园。

电影中，家族成员们的生活波折，如同四季的更迭，充满了起伏与变化。母亲的中风，成为家族面临的一大挑战，每个成员都必须面对生活的考验。但正是在这样的困境中，家族成员之间的亲情与牵挂被更加深刻地展现出来。老大夫妻的相互扶持，大儿媳对婆婆的悉心照料，这些都是家族中温暖而真挚的一面，让我们看到了家族的力量和美好。

电影的导演巧妙地运用了长镜头的手法，将我们的视线拉远，让我们如同站在远处的山峰上，静静地观察着这个家族的每一个细节。这种拍摄方式，让我们仿佛在欣赏一幅精美的山水画，人物的情感与自然的风景交织在一起，构成了一幅幅生动的画面。在这里，每个人都是这幅画中不可或缺的一部分，他们的故事，他们的情感，都值得我们去细细品味。

随着时间的流逝，家族的故事也在不断地发展和变化。母亲的离世，老三的悔过，老四的孤独，这些都是生活的一部分。它们让我们感到心痛，但也让我们更加珍惜生活中的每一份爱和温暖。而新一代的坚韧，如同影片中孙女的爱情保卫战的成功，老二家拥有的地铁房，都象征着新时代的希望和可能。

《春江水暖》不仅是一部讲述家族故事的电影，更是一部展现时代变迁与人性的作品。它让我们重新审视自己与家人、与生活的关系，让我们更加珍惜那些陪伴我们走过岁月的亲人与朋友。

人天生就是荷尔蒙的奴隶，多巴胺的仆人。

——《春江水暖》台词

29《草木人间》

——导演：顾晓刚

苔花轻语，世相浮沉

世间的缘分就是如此的奇妙，就在我准备杭州篇的时候，顾晓刚导演的山水篇第二卷《草木人间》在今年的清明档上映了。它恰似春风拂面，给电影界带来了一股清新的气息。在顾晓刚导演的镜头下，一幅缓缓铺陈的山水长卷再次展开……五年的时光沉淀，赋予了这部作品在美学与思想上的新高度。它不仅是一次视觉的体验，更是一次心灵的深刻触动。

“苔花如米小，也学牡丹开。”这句充满力量的诗句是为了赞扬苔花不屈的精神。而苔花之美，却隐藏于阴暗潮湿之角落，需历经漫长等待才开花，即便花期也只有两三周，其中的艰难更是令人怜惜。就像电影中的吴苔花一样，她出身平凡，又有一段难以言表的婚姻，面对年华渐逝，儿子的成长与离去，更觉自身无用，倍感失落。而儿子目莲对父亲出走的执念，更犹如一根尖锐的刺，横亘在母子之间。对于母亲的感情生活，儿子也是选择视若无睹，看似无恙的母子之间其实却有着微妙而复杂的变化。然而，就在生活看似波澜不惊之际，突如其来的漩涡将母子二人卷入其中。

作为国内首部反传销电影，《草木人间》的意义远远超越了影片本身。电影以传销为镜，映照出社会阴暗角落的种种罪恶。那些被忽视的真相，如同晨雾般被逐渐拨散，露出其狰狞面目。每一个场景都是一个精心布置的陷阱，影片尺度大胆，细节入微。传销的套路在其中被一一揭示，让人触目惊心。同时影片中还出现了老人与保健品的桥段，这些设计并非虚构，而是我们身边真实上演的悲剧。它们像一面破碎的镜子，映照出社会某些不为人知的角落，让我们无法不正视这些问题的严重性。

值得一提的是，影片中蒋勤勤疯魔一般精湛的演技，得到观众的认可，并在电影上映前，斩获第17届亚洲电影大奖最佳女主角。看到这里大家不禁会问，为何那些深陷传销泥潭的人会变得如此痴狂，为何老人会“无怨无悔”地被欺骗？

这背后其实是一系列精心策划的陷阱。他们背后有一个完整的团队，系统而有序地实施着他们的“欺诈计划”。他们瞄准的，或是怀揣梦想却四处碰壁的年轻人，或是希望为家庭再添一份力的中年人，又或是遭受重大挫折、渴望寻找出路的失落者。他们有着共同的愿望，都想打破常规，寻找一条通往成功的“捷径”。而“传销组织”则通过描绘一个看似光明的未来，让人们深信自己能够实现财富自由的梦想。在这个看似充满爱与关怀的组织里，人们感受到了前所未有的尊重、爱心和热情。这种虚幻的温暖和认同，让人们很容易迷失自我，陷入其中，最终被洗脑，无法自拔。

电影宣传过程中，主办方真诚地呼吁大家“陪伴才是最真诚的爱”。这不仅是对电影中母子关系的深刻诠释，更是对我们现实生活的一种提醒。在忙碌中，我们往往忽略了身边最亲近的人，而正是亲人的陪伴与关爱，才是我们生活中最宝贵的财富。

此外，《草木人间》还巧妙地融入了佛教故事“目连救母”的元素，通过这一情节暗示了母亲最终会在儿子的拯救中得到救赎。其中一场苔花在水中沐浴的镜头，更是象征着苔花即使在污浊的环境中也能保持纯洁与坚韧的品格。这种象征意义不仅升华了影片的主题，也让我们对生命的坚韧有了更深刻的理解。

电影的摄影与音乐同样出色。摄影师用精湛的技艺捕捉了山水的壮丽与人物的细腻情感，而音乐为影片增添了更多的情感色彩。山水、音乐与影片的主题和情感完美融合，共同描绘了一幅充满艺术魅力的画卷。

《草木人间》虽然与之前的山水卷风格迥异，却不失为一部值得深思的电影。它让我们在审视社会阴暗面的同时，也激发了我们去思考如何在现实生活中保持清醒的头脑，避免陷入传销的泥潭。同时，它也提醒我们，无论身处何种境遇都应坚守内心的爱与纯洁，如同那朵在淤泥中绽放的苔花，即使身处黑暗也要绽放出最耀眼的光芒。

电影带我们穿越了杭州的大街小巷，感受了从古至今的变迁，从现实到梦想的追求。杭州，这座人间天堂，以其独有的方式，在电影的叙事中绽放着不朽的魅力。无论是《卧虎藏龙》中竹林深处的剑影，还是《热烈》里充满青春热血的舞步，抑或是《春江水暖》与《草木人间》中对家族和人性的深刻探讨，每一场的落幕都是对杭州这座城市的一次深刻理解。让我们带着从电影中获得的感动与启示，继续在生活中寻找和创造属于自己的“人间天堂”。

在黑白里温柔地爱色彩，在色彩里朝圣黑白。

——《草木人间》台词

天津　在海河的柔波里，寻觅你的影

跟着电影去旅行，本站打卡——天津。

在光影交错的银幕上，天津这座城市以其独有的风貌，成为多部经典电影的共同背景。《风声》的紧张谍战、《飞越老人院》的温情狂欢、《中国合伙人》的励志奋斗，以及《归来》的深情怀旧，每一部作品都透过天津的街巷、建筑和文化，讲述着不同的故事，传递着不同的情感。让我们随着电影的足迹，走进天津，感受这座城市的温度。

30《风声》

——导演：高群书／陈国富

是一种精神，是一种信仰

电影《风声》改编自麦家同名小说。由冯小刚监制，高群书、陈国富联合执导，汇聚了周迅、李冰冰、张涵予、黄晓明、王志文、苏有朋、英达等众多资深演员，共同演绎了一场惊心动魄的谍战大戏。电影以其豪华的演员阵容和演员精湛的演技，成为商业电影的典范。迄今为止，尽管大银幕上的谍战影片遍地开花，但却不能撼动《风声》的地位。

驻足天津解放北路这条并不宽阔的街道，我被它深厚的历史底蕴和独特的建筑风格所吸引。这里也是电影《风声》中的重要场景，天津解放北路为中华人民共和国成立前的租界区，街道两侧建筑多为保存完好的历史建筑。沿路的法国梧桐树枝叶茂密，绿荫遮盖着路面。两旁一幢幢建筑物造型独特，更让我们领略到异国的风采与情趣。这是一条曾经辉煌、如今依然独具魅力的老街。

《风声》这部影片，以抗日战争时期日本扶植汪精卫建立汪伪政权为历史背景，汪伪政府的高层官员接连遭遇暗杀，日本政府为了彻底清剿抗日地下党的谍报人员，不惜一切代价，展开了一场残酷的“猎杀行动”。

影片的开篇便如一场命悬一线的死亡游戏，裘庄的每个角落都被笼罩在阴森恐怖的氛围之下。作为一部紧张刺激的谍战片，人物之间的智勇较量，以及种种酷刑，无不让人心惊胆寒，毛骨悚然。电影中的刑讯场面尺度之大，让观众隔着屏幕都能感受到那深入骨髓的疼痛，这不仅是对肉体的摧残，更是对心灵的无情折磨。也正是这些细微之处勾勒出了抗日战争时期的苦难缩影，展现了那个时代人民在逆境中的不屈不挠和坚定信仰。

时隔多年，再次观影让我将目光落在武田这个人物上。在电影中，武田总是以一副趾高气扬的姿态示人，然而这种表象恰恰折射出他内心深处的自卑。无论是面对日本战败的残酷现实，还是家族曾经的屈辱历史，都让他在这场修罗场中急切渴望取得胜利，以此来掩盖内心的脆弱。然而，当最后一块遮羞布被无情地揭开时，武田终于无法再自欺欺人，他内心的自卑与懦弱彻底暴露无遗。就在他沉醉于归家的美梦之时，他却永远的客死他乡，永远地留在了这片他曾经极力想要征服却又无法掌控的土地上。

同时影片对人性复杂性刻画也给了我很多思考。在生死考验面前，人们会作出各种各样的选择，有的人选择背叛和妥协，有的人则选择坚持和抗争。同时，也让我更加敬重那些能够坚守信仰和道德底线的人。他们是社会的脊梁。

“为了情报值得吗？”

这是晓梦即将赴死之前，玉姐问她的问题。这句话像一声响亮的钟声在我心中一遍遍地回响。而影片的最后，晓梦也给了我们最好的阐释——

民族已到存亡之际，我辈只能奋不顾身，挽救于万一。

我的肉体即将陨灭，灵魂却将与你们同在。

敌人不会了解，老鬼、老枪不是个人，而是一种精神、一种信仰。

革命不是请客吃饭，不能那样从容不迫、文质彬彬。革命是暴动，是一个阶级推翻另一个阶级的暴烈的行动，是残忍的，是血腥的，是动荡的。而革命也是充满希望的，在那个动荡的年代，人们心中坚守的信仰和精神，是支撑他们迎接光明、战胜黑暗的力量。

一路繁花

时间让一切轻易地飘散。

——《风声》台词

31《飞越老人院》

——导演：张杨

飞跃岁月，温情永存

张杨导演的《飞越老人院》以一种独特的视角，深入探讨了老年人的生活状态与精神需求。影片中，一群平均年龄超过 70 岁的老演员们，以他们精湛的演技和饱满的热情，为观众呈现了一场老年人的集体狂欢。这不仅是对传统老年人形象的一次颠覆，更是对“青春”这一永恒主题的重新诠释。

在这部影片中，我们看到了老年人的活力四射、追求梦想和对自由的渴望。

他们相互扶持，在大草原上放飞自我，仿佛时间在他们身上并未留下痕迹。张杨导演借此揭露了社会上子女不孝的现象，同时也为老人们描绘了一个实现梦想的美好画卷。

养老院对每一个老年人来说其实更像是一个“安全的牢笼”，它虽提供了基本的生活照料，却也不可避免地带来了种种束缚。音响不可以开大声，运动不可以剧烈，统一的伙食，统一的电视节目，例行公事的福利与慰问，这一切都是出于管理便利、保障安全的目的。但对于渴望生活多彩多姿的老人们来说，这些却显得枯燥乏味，甚至令人难以忍受。

即便是那些行将就木的老人，他们的内心深处依然燃烧着对生活的渴望，对参与这个世界的向往。他们不希望仅仅成为被照料的对象，而是想要以自己的方式继续与这个世界保持联系。

养老院的老周充满活力，有一个不老的灵魂，激励着大家打破常规，追求生命的精彩。在他的“怂恿”下，老人们策划了一场大胆的“逃离”，前往天津进行表演。这不仅是一次身体上的出走，更是一次精神上的解放。它为那些厌倦了养老院生活的老人们点燃了新的希望，让他们重新找到了生活的热情和目标，仿佛给予了他们一次时光倒流、重返青春的机会。

老周患有膀胱癌晚期，疾病早已将他的身体吞噬殆尽，但是他仍然吊着一口气坚持过好每一天，用自己的笑容和活力感染着周围的人。老周的离去虽然是遗憾的，但是给朋友们留下的永远都是那个乐观的、勇敢的样子。

岁月无情，每个人都会老去。当我们看到父母的身体逐渐衰老，生活不能自理，甚至尊严也随之而去时，是否曾想过，我们自己也会有这一天？回顾过去，我们会发现人生能够自由肆意的时间真的很短暂，小时候被家长和学校约束，长大后被工作约束，老了则可能被子女和健康约束。我们始终盼望着有一天能够放荡不羁，却发现人生不过步步为营。老并不可怕，病了才是根源。

影片中最令人动容的一幕，是结尾时老葛给孙子讲述的那个故事。老父亲反复地问着同一个问题，直到儿子感到不耐烦。而老父亲却回忆起儿子小时候，像一个小问号一样追问父亲，父亲每一次的回答都会逗得他哈哈大笑。是啊，父母总是对孩子那么有耐心，而孩子面对年老的父母却总是那么不耐烦。影片中的主人公都有一个共同的特点，那就是他们的称呼都以“老＋姓”的形式出现。这既是一个有趣的现象，也是一个引人深思的提醒。在现实生活中，我们常常被赋予各种身份标签，从成为父母的那一刻起，我们就不再是单纯的“我”，而是变成了“xx的妈妈/爸爸”“xx的爷爷/奶奶”。我们习惯了这种以他人为中心的生活方式，却忘记了自己也是一个独立的个体，有自己的名字、故事和价值。

作为新时代的年轻人，我们站在父母的肩膀上，享受着他们为我们创造的一切。我们有机会接受高等教育，欣赏祖国的大好河山，体验科技带来的便捷。然而，这一切都离不开父母的辛勤付出。所以，我们更应该在忙碌的生活中抽出时间，陪伴他们，与他们分享我们的快乐和成功。

生活的确充满了挑战，尤其对在大城市打拼的年轻人来说，工作的压力、孩子的成长、老人的照顾，每一项都让人喘不过气来。但是，无论生活多么艰难，我们都不能忘记，父母是我们最宝贵的财富。他们为我们付出了一切，我们也应该尽自己最大的努力，让他们的晚年生活充满幸福和尊严。

《飞越老人院》不仅是一部电影，更是一面镜子，映照出我们对待养老问题的态度和方式。它提醒我们，无论岁月如何流转，温情和关爱永远不应该随着时间的流逝而消失。让我们从自己做起，从现在做起，用行动去温暖每一个长辈的心，让他们的晚年生活充满爱与希望。因为，每一个人都值得被这个世界温柔以待。

32《中国合伙人》

——导演：陈可辛

一个关于光阴的故事

电影《中国合伙人》是由陈可辛导演指导，黄晓明、邓超、佟大为主演的两岸合作拍摄的励志剧情片，电影拍摄于天津的多个地点，包括河北工业大学红桥校区和天津国棉三厂等。高大砖房、厚重机械、铁框落地窗等老厂房元素，很好地保持了20世纪80年代的风貌，仿佛穿越到那个充满激情与梦想的年代。

电影的英文名字翻译为“中国的美国梦”。故事背景设定在20世纪80年代中期的中国，那是一个改革开放浪潮汹涌澎湃的时代。国家提出了支持留学、鼓励出国的政策，这一政策迅速点燃了全国范围内的出国热潮。在众多留学目的地中，美国作为发达国家的代表，成为了中国留学生的首选。在那个时期，“美国梦”不仅是年轻人追求梦想和提升自我身份的途径，更是他们跨越阶层、实现人生价值的主流方式。正是在这样的时代背景下，《中国合伙人》以新东方为蓝本，生动讲述了三位性格迥异、背景不同的创业者共同奋斗的感人故事。他们用自己的智慧和勇气书写了属于自己的传奇。

三位主人公的创业历程，是过去三十多年间中国无数创业者共同经历的缩影。导演在电影的最后，巧妙地运用新旧照片的对比，向观众展示了这些创业者们不平凡的故事。这不仅是对电影所描绘的创业艰辛的深刻体现，也是对中国20世纪80年代创业先锋们的深情致敬。

孟晓骏到了美国却生活潦倒，王阳放弃了美国，而成冬青被美国拒之门外。但是命运似乎给他开了一个玩笑，从来没去过美国的成冬青成为“留学教父”，将无数学生送往美国。

成冬青的故事，是一段从农村到城市的奋斗史。他并非出身书香门第，也未曾享受过优越的教育资源。三次高考的坚持，才让他得以踏入梦寐以求的大学殿堂。即便成绩优异，他那不标准的英语发音和谦卑的形象，让他难以摆脱周围人眼中“土鳖”的标签。在大学期间，成冬青展现了非凡的勤奋与毅力。四年时间里，他阅读了800本书，平均每年200本，这不仅是对知识的渴望，更是对改变命运的执着追求。成冬青的形象，代表了当下无数来自寒门的学子，他们没有显赫的家庭背景，缺乏优质的教育资源，甚至在社会上无依无靠。对这样的人来说，创业的道路充满了艰辛与挑战。

王阳，则是三人中最为潇洒的一位。他来自一个普通的城市家庭，既不像成冬青那样背负着沉重的农村背景，也不像孟晓骏那样怀揣着对美国梦的执着追求。在大学里，他过着自在的生活，享受着青春的美好。他看到了成冬青的努力和孟晓骏的坚持，也看到了他们背后的艰辛和不易。因此，他选择与他们并肩前行，共同面对未来的挑战。

影片中孟晓骏虽然去了美国，但是他始终没有登上时代周刊的封面，他的美国梦破碎了，破碎在实验室的单调重复和餐厅的卑微劳作中。曾经满怀梦想的年轻人，眼中没了光，一个慷慨激昂侃侃而谈的人却患上了演讲恐惧症。女友问他“我们来这里是为了什么？”对他来说这犹如一记重击。孟晓骏的“美国梦”虽然在异国他乡遭遇挫折，但他在祖国的土壤上重新点燃了希望，实现了自己曾经的梦想。这也是对一部分 80、90 后海归群体心路历程的深刻折射。

陈可辛是我个人十分喜欢的导演之一，在他的电影中你总能看到他对人性的观察以及对社会责任的关注，例如《亲爱的》《甜蜜蜜》《夺冠》……他总是能够透过这些变革找到一个载体，然后注入灵魂和情怀。《中国合伙人》里看似在说美国梦，其实探讨的是民族强大与自我觉醒的意义。电影作为文化软实力的重要载体，向年轻一代和世界传递了中国声音，用实力争取了属于我们自己的民族身份和话语权。一个民族的强大不仅体现在经济实力和科技水平上，更体现在文化自信上。只有当我们真正认识到自己的文化价值和历史使命时，才能在国际舞台上赢得尊重。

33《归来》

——导演：张艺谋

归至门前，焉识君颜？

张艺谋执导的《归来》是一部触动人心的影片，由陈道明与巩俐两位实力派演员倾情呈现。这部作品以其深沉的笔触和细腻的情感，将观众带入那个动荡而充满变迁的时代。影片脱胎于严歌苓的小说《陆犯焉识》的结尾，电影不仅是对过往历史的一次深情回眸，更是对人性深处、爱情与家庭情感的细腻挖掘。

《归来》这部影片的取景地大部分是在天津这座充满魅力的城市。当五大道的马连良故居、意式风情区的独特建筑、金汤桥的庄重肃穆、津湾广场的繁华景象一一在画面中呈现时，人们仿佛随着镜头穿梭于城市的脉络，一边沉浸于影片的情感世界，一边在心头默默数着那些熟悉的“天津地标”，让每一次的观影都成为一次与这座城的情感共鸣。

影片以陆焉识与冯婉瑜这对夫妻的情感为线索，深刻描绘了一个时代的悲剧色彩。陆焉识，被妻子冯婉瑜温柔地称为“教授”的知识分子，在特殊时期遭受了冲击，导致他与家人的生生分离，并在苦难的岁月中历经了重重考验与煎熬。

当他跨越时间的长河，得以平反，终于带着沧桑与期待归来时，残酷的现实却给了他沉重一击——妻子因病失去了对他的所有记忆，而女儿则因他的缺席承受了难以言说的精神重负。影片中这样情感与命运的交织，不仅令人感慨万千，更深刻反映了历史的残酷与人生的无常。这不仅是对一个家庭的描绘，也是那个时代无数家庭的缩影。

一扇再未锁过的门，却永远地锁住了冯婉瑜的记忆。二十年的岁月，不仅是时间的流逝，更是人物命运的剧烈变迁。陆焉识的归来，本应是两人重逢的欢喜，却变成了一种无法相认的悲哀。这种悲哀，穿透了屏幕，触动了每一个观众的心。

在冯婉瑜的后半生里，她的生活围绕着一个不变的约定——五号去火车站接爱人回家。每当她坐在镜子前梳妆打扮，那从少女时代就炽热燃烧的爱意便在她眼中闪烁，仿佛时间倒流，让她重回那个与陆焉识相伴的青春岁月。这种等待，既是对过去美好时光的追忆，也是对未来重逢的渴望。

然而，当她真正的爱人归来时，她却已无法认出他。这种记忆与现实的错位，加深了电影的悲剧色彩。陆焉识的身体虽然回到了家乡，但他精神上的家园已经无法回归。他深爱的人，已经忘记了他。这种精神上的流离失所，比身体上的远离更加痛苦。

他的存在，对冯婉瑜来说，已经变成了一个模糊的影子，一个修钢琴的人、一个读信的同志，甚至是曾经伤害过她的“老方”。

影片的最后，冯婉瑜依然没有想起陆焉识。然而，即使冯婉瑜的记忆已模糊，即使她心中的陆焉识已不再是那个青春时代的他，那份曾经深深的爱意，却如同不灭的火焰，在她心底静静地燃烧。而陆焉识，他的目光始终追随着冯婉瑜，即便只是以一个陌生人的身份，他的陪伴也从未缺席。他们的爱情，或许已不再有往日的热烈与奔放，却沉淀成了一种深沉而坚定的力量，穿越了时间的洪流，超越了记忆的边界。这一等待，一相伴，不仅是他们的一生，更是对爱情最纯粹、最执着的诠释。

岁月流转，爱情不老。在生命的最后时刻，他们或许能够再次相视而笑，即便那时的他们，已不再是曾经的模样。但那份爱，那份等待与相伴，将成为他们心中永恒的温暖之光，照亮彼此前行的道路。

每一次旅行都是一次心灵的触动，每一次体验都是对生活的深刻理解。感激这座城市给予我们的美好记忆，电影让我们得以从不同的视角看待这座城市，而天津则让我们得以从电影中回归现实，感受那些真实而生动的气息。电影虽然已经落幕，但这座城市的故事仍在继续书写，我相信，每一次结束都是另一种形式的开始。

宽恕，原谅不代表忘记，也不代表赦免，只是要放自己一条生路。

——《归来》台词

香港 初见乍惊欢，久久亦怦然

香港，这座充满魅力的东方之珠，不仅以其独特的风景和繁华的都市生活吸引着无数游客，更因那些银幕上的经典影像而成为影迷心中的圣地。

香港电影，见证了这座城市的辉煌。那些鲜活的角色和动人的故事，仿佛一扇窗，透视着香港这座城市的灵魂与激情。

每一部经典电影都是一段时光的印记，一个情感的归宿。当我们踏上这片繁华与浪漫交织的土地，在光影之中仿佛与那些经典影片中的英雄、侠客、情侣们相遇，共同体验那份属于香港的独特风情。

34 《英雄本色》《纵横四海》

——导演：吴宇森

演绎东方特色的英雄主义

吴宇森的电影，总是带有浓厚的个人色彩。他的英雄主义，浪漫而又天真，他用鲜血为我们描绘了一幅幅生机勃勃、激情澎湃的画面。在吴宇森的电影世界里，鲜血不仅是暴力的象征，更是生命力的体现，是英雄热血铸就的前行之路。这一路，是高亢的，是纯洁的，是美不胜收的，更是心灵深处的震撼。

我们对吴宇森的记忆，或许不是来自好莱坞的《碟中谍 2》或《变脸》，而是因为他拍摄的《英雄本色》和《纵横四海》。这两部电影，不仅名字直白明了，更能让人热血沸腾，心神向往。幸运的是，这两部影片都有周润发和张国荣的参演。那些关于荣誉、牺牲、友情与爱的故事，亦真亦幻，让人难以分辨。

《英雄本色》：一首悲情与牺牲的颂歌

在录像带、VCD、DVD 这些记录时光流转的媒介上，有一部电影，它超越了时代的变迁，成为永恒的经典，那就是《英雄本色》。1986 年，《英雄本色》在香港上映，它不仅成为香港电影史上的一个里程碑，更以其独特的风格和深刻的主题影响了整个华语电影产业。这部电影由吴宇森执导，周润发、狄龙、张国荣三位巨星联袂主演，讲述了一段关于兄弟情、荣誉和复仇的故事。

20 世纪 80 年代的香港，黑帮势力猖獗，毒品、伪钞等黑色交易泛滥，使得这座城市仿佛成了罪犯的天堂。在这样的背景下，反毒、反黑成为当时香港电影的重要主题。《英雄本色》作为其中一部作品，以其独特的风格和深刻的主题，为观众呈现了一个关于英雄与悲情的世界。

影片共有三部曲，虽然每部的故事各有侧重，但其中所蕴含的情意与精神却始终如一。香港的黑帮片向来以兄弟情义为灵魂，而《英雄本色》更是将其发挥到了极致。周润发饰演的小马哥，英勇无畏、义薄云天，他用自己的行动诠释了什么是真正的“英雄本色”。而狄龙所饰演的宋子豪，则面临着重重困境和内心的挣扎，在他的身上我看到了一抹悲情的底色，面对弟弟，一句“警官，我已经不做大哥很多年了”道出了这位曾经大佬的心酸。家人的不解，社会的嫌弃，让他在这条回归正义的道路上举步维艰。他的选择与牺牲，让人深感唏嘘。

在第二部中，宋氏兄弟双双卧底黑帮，小马哥也以双生兄弟的身份迎来回归，一同面对生死考验。他们齐心协力，尽管过程惨烈，甚至弟弟宋子杰不幸牺牲，但他们依然坚守做人的底线，用自己的方式守护了正义与尊严。

《英雄本色》中的小马哥，成为香港枪战片中的传奇人物。他身着一袭风衣，戴上墨镜，用钞票点烟的经典场面，至今仍让人难以忘怀。他的双枪射击、弹壳飞溅的英勇形象，以及叼起火柴微微一笑的招牌动作，都让无数追梦少年竞相模仿。电影成就了周润发饰演的小马哥，所以才有了独立于前两部的《夕阳之歌》，梅艳芳和梁家辉的加持，给这部具有传奇色彩的影片画上了一个完美的句号。

《英雄本色》将吴宇森导演独特的暴力美学与浪漫主义风格推向了新的高度。影片中那些令人心碎的悲情元素，人物命运的跌宕起伏和内心世界的激烈挣扎，都让我们对人性、正义和牺牲有了更为深刻的感悟。

《英雄本色》是对英雄的深情颂歌，是对悲情与牺牲精神的永恒铭记。这部系列电影将永远镌刻在我们的心中，成为我们难以忘怀的经典之作。它让我们回想起那个热血沸腾的年代，让我们重新思考什么是真正的英雄，什么是值得我们去追求和坚守的价值观。

《纵横四海》：共赴一场华丽的冒险

在那个香港黑帮电影大行其道的年代，《纵横四海》以其独到的魅力，成为一种特别的存在。吴宇森导演将东方独有的“暴力美学”与幽默感巧妙结合，创造出了一部不仅让人心跳加速，更让人会心一笑的电影。

电影里，红豆的一句“我们去哪里”，阿海的打趣回答“去伊拉克吧，伊拉克最太平，或者去天堂，天堂的空气最新鲜”。

如今听来，不禁让人唏嘘。张国荣真的去了“天堂”，留给我们的，只有那些永恒的影像和回忆。

阿海，阿占，红豆，三个孤儿在养父的训练下成为国际大盗，他们在盗取名画的过程中被卷入了一场错综复杂的背叛之中。随着剧情的推进，阿海失踪，生死未卜，数年后三人因名画《赫林之女仆》再次相聚，这一次他们携手撕开“养父”的面具，并将他绳之以法。影片是以神偷类喜剧的形式呈现的，整个故事充满了浪漫情怀，但情节的悬念和转折，也让观众感受到紧张和刺激。

电影中有太多经典镜头，比如张国荣骑摩托车划过车底的那段，又或者是他们用红酒杯越过红外线的桥段，但是最让我难忘的是周润发与钟楚红那段“轮椅华尔兹”，即便是坐着轮椅，发哥依旧风度翩翩，在我心中甚至超越了《低俗小说》中的那段扭扭舞。

影片中的角色塑造立体而鲜明。周润发饰演的阿海机智幽默，勇敢担当；张国荣饰演的阿占冷酷沉稳，内心却充满柔情；钟楚红饰演的红豆活泼可爱，勇敢拥抱爱情。这三个角色不仅在外在形象上各具特色，更在内在性格上有着深刻的挖掘和呈现。他们的情感纠葛和人生选择，都让观众感受到了生活的复杂性和人性的多样性。

然而，《纵横四海》最打动人心的，还是它所传递的深刻情感和人生哲理。在这个充满争斗和杀戮的江湖中，三个人始终保持着对生活的热爱和对爱的信仰。他们之间的兄弟情深、爱情真挚、友情坚定，都成为了影片中最动人的部分。影片结尾，红豆最终选择了阿占，而他们三人依旧幸福地生活在一起。

这是另一种爱情观，是一种欣赏，一种尊重，一种理解，而非占有。正如你欣赏一朵花的美丽，并不一定要将其摘下；你热爱大海的辽阔，也不一定要居住在海边；你喜爱风的自由，却不能要求风为你而停留……

说得简单些，《纵横四海》无非是一部关于三个盗贼的故事，但它却拍出了侠士闯江湖的肆意与浪漫。在那个年代，黑帮电影少有大团圆结局,《纵横四海》却给了我们一个温馨而圆满的落幕。吴宇森导演以他独特的“暴力美学”作为电影语言，为我们描绘了一个充满爱恨情仇、兄弟情深、诙谐浪漫的江湖世界。

剎那的光辉不是永恒。

——《纵横四海》台词

35《大话西游》

——导演：刘镇伟

荒诞与真情之间，演绎一段不朽的传说

周星驰的《大话西游》是一部在喜剧外衣下，隐藏着深厚情感和哲理的电影。这部作品不仅是对《西游记》的另类诠释，更是一个关于爱情、命运、责任和自我救赎的动人故事。

初看《大话西游》，人们往往会被其天马行空的情节和无厘头的幽默所吸引。至尊宝这个角色，似乎就是周星驰电影中那些典型的小人物，滑稽却又充满魅力。他的每一个动作和台词，都能引发观众的笑声。但在笑声背后，却总能感受出一抹孤独。有人说再看《大话西游》才明白当年看不懂的不是剧情，而是爱情，颇有一种初看不知戏中意，再看已是戏中人的意味。

影片通过三个时空交错演绎的方式，将观众带入一个充满奇幻和荒谬的世界里。至尊宝从一个无所顾虑的山贼，逐渐发现自己其实是齐天大圣孙悟空。这一身份的揭示，从开始的戏谑到最后顿悟，让他一步一步开始用“心”去重新看待这个世界，更让他明白了自己的责任和使命。

他明白了自己无法逃避的责任，也理解了唐僧和观世音所说的大爱。最终，他选择了牺牲“至尊宝”，完成了孙悟空的使命，成全了众生的幸福。这一刻，至尊宝不再是那个只懂得嬉笑怒骂的小人物，而是一个真正的英雄。

在这部电影中，两段感情故事深刻地触动了观众的心。紫霞仙子是电影中最令人心碎的角色。她天真烂漫，为爱勇敢追寻，却最终陷入命运的悲剧。她的那句“我的意中人是个盖世英雄，有一天他会踩着七色云彩来娶我”成了无数观众心中的经典。然而，现实总是残酷的，她最终不得不面对自己心爱的人的离去。她的执着和无奈，让人不禁为她心痛。人生其实也是如此，我们也许只是猜中开头，却无法改变结局。

白晶晶这个角色在五百年前和五百年后两个时空展开，最终产生了两种截然不同的结局。在五百年前，她深爱着至尊宝，但最终因为这份爱太过沉重而选择了自我了断。五百年后，她看到至尊宝心中的泪，意识到他穿越回来并非为了她，此刻的至尊宝心已属于另一个人。

白晶晶最终选择放手，这不仅是对爱情的尊重，更是对自我价值的升华。

《大话西游》的逆袭很大一部分源于当代年轻人被“赋予”的

内涵，在当下追求自我价值和归属感的今天，影片中，至尊宝一次又一次借助月光宝盒的力量回到过去，企图改写命运。然而，无论他如何努力，都逃不过命运的安排。至尊宝面临的抉择，是戴上金箍，忘却情感，成为无所不能的孙悟空；还是保留情感，却无法拯救所爱之人。这看似顿悟，实则是一种无奈的选择，仿佛这一切是为了“教育，驯化”孙悟空的一个局，但是他却又不得不入局。

道德和规则的约束，让许多人的生活轨迹看似清晰，实则充满了无奈与哀愁。至尊宝的故事，就像是我们每个人的生活写照。我们在追求自我的道路上，不断地与内心的渴望和外界的期待相碰撞。然而，我们真的能够不顾一切地做自己，追求那种“过把瘾就死”的自由吗？真正的自由并非无拘无束，而是在规则的框架下，学会自我克制，理解力量与欲望的边界。只有在规则的指引下，我们才能找到做自己的真正意义，实现内心的和谐与平衡。

《大话西游》不仅是一部喜剧，它有着爱情悲剧的外壳，内核却是对人生深刻的反思。影片中的每一个角色，都像是命运波涛中的一叶扁舟，他们在挣扎中寻求着存在的意义。至尊宝的成长，紫霞仙子的执着，白晶晶的放手，唐僧的奉献，都让我们感受到了那份无言的感动。正如鲁迅先生所言“真的猛士，敢于直面惨淡的人生，敢于正视淋漓的鲜血”，《大话西游》让我们看到了人生的残酷，同时也让我们看到了在残酷中绽放的勇气和善良。它告诉我们，无论身处何种境遇，我们都应保持一颗纯真与勇敢的心，去追寻那份属于自己的生命意义。

36《花样年华》

——导演：王家卫

『如果有多一张船票，你会不会跟我一起走？』

当周璇的《花样的年华》旋律响起，它便牵引着我们的心神，穿越时空回到那个年代。那是一个花样的年华，却又如同一座孤岛。

《花样年华》是王家卫导演的一部经典之作，它细腻而深沉地讲述了20世纪60年代香港一段隐秘的爱情故事。影片中的男女主角由梁朝伟和张曼玉饰演，他们都是已婚人士，却因为各自的配偶出轨而渐渐走近。王家卫通过他们的眼神、动作和未曾说出口的话语，细腻地描绘了这段难以名状的情感。

《花样年华》的美，不仅在于它的画面，更在于它所传达的情感深度。日复一日地擦肩而过，在那狭窄的楼道中、在雨夜的街角、在昏黄的灯光下，他们的目光交汇，却始终保持着一段微妙的距离。苏丽珍总是羞低着头，那是一种内心的挣扎和矛盾。她在向周慕云传递着接近的信号，而周慕云却缺乏勇气去突破那层看不见的屏障。他们之间的情感如同细腻的丝线，绵长却脆弱，稍一用力便会断裂。

影片中，周慕云和苏丽珍的每一次相遇都充满了克制和隐忍。那种隐约的情愫，如同一杯清茶，初尝时平淡无味，但回味却是无尽的甘苦。他们在餐馆里一起吃饭，在公园的长椅上静静坐着，在狭小的出租屋里相对无言。每一个场景都被王家卫赋予了浓重的怀旧色彩，仿佛是旧时光中的一帧帧照片，带着无法磨灭的记忆和情感。

正如王家卫所说："那是一种难堪的相对，她一直羞低着头，给他一个接近的机会。他没有勇气接近。她掉转身，走了。故事就这样收了尾。"这段话将影片的核心情感表达得淋漓尽致。那种难堪和无奈，不仅是他们个人的感受，更是整个时代的情绪。周慕云和苏丽珍的故事，正是那个充满变化和不确定的时代的缩影。

岁月如梭，回忆中的那些时光，如同一场梦，看得见，却触不到。周慕云一直在怀念过去的点点滴滴，那些未能说出口的情感，那些无法实现的梦想。如果他勇敢一些，他是否会重新走回那些早已逝去的岁月？然而，连这也只是自我安慰。时间的河流一去不返，那个时代已过去，属于那个时代的一切，也都成为无法挽回的记忆。就像周慕云在影片最后对着空洞的墙洞倾诉秘密一样，它告诉我们，有些情感，注定只能深埋心底；有些记忆，注定沦为岁月。

电影中的每一个镜头，每一段音乐，都充满了情感的张力。从苏丽珍的旗袍，到周慕云的打字机，孤独的街道，氤氲的烟雾，从小巷里的飘雨，到昏黄灯光下的独坐，王家卫用这些元素，构建了一个既真实又梦幻的世界。观众在观看影片时，仿佛置身于那个年代，与周慕云和苏丽珍一同感受那份无法言说的悲伤和无奈。

《花样年华》虽然讲述的是一段婚外恋的故事，但其主题远远超越了这一层面。它借由婚外情的外衣，深入探讨了现代人内心的孤独与空虚，以及情感的寂寞。它是对人性深处的一次深刻挖掘，是对现代人情感困境的一次真实写照。随着《花样年华》的落幕，我们被留在了一个充满感慨的情绪之中。这部电影，如同一首未完的诗，它的每一幕、每一曲都深深触动着我们的心灵。它不仅是对一段隐秘情感的叙述，更是对那个时代精神的一次深情回望。

一路繁花

当我们回顾过去，那些初识的羞涩、青涩、梦想和无尽的欢笑，都成为我们花样年华的珍贵记忆。

——《花样年华》台词

37《无间道》

——导演：刘伟强——麦兆辉

在无间地狱中，回响无尽的追问

2002 年《无间道》在香港上映，一石激起千层浪，给一度萎靡的电影市场带来了新的希望。时至今日，它的光芒未曾黯淡，成为无数人心中的经典。甚至翻拍的版本还斩获了奥斯卡最佳影片奖。

影片的开头，导演用一段佛经道出了“无间道”三个字的深意：“八大地狱之最，称为无间地狱，为无间断遭受大苦之意，故有此名。”在八大地狱中，最可怕的是无间地狱，无间断地受苦。

《无间道》共三部，每一部都像是命运的轮回。第一部讲述了警察和黑社会的卧底斗智斗勇的故事。十年的卧底生涯中，两位主角在迷失与寻找自我之间徘徊。第二部聚焦香港最大帮派倪家的兴衰，描绘了倪永孝在父亲被暗杀后接管家族的艰难历程。第三部作为故事的终结，以陈永仁殉职为分界点，在前两部的时间线中穿梭，再加上刘建明的精神分裂，一张精心编织的大网即将收尾。这一次，我听从了网友们的建议，按照 2—1—3 的顺序，一口气将这三部电影看完。这种观影顺序让我更深入地理解了角色们的心路历程，感受到了他们情感的起伏和转变。不过，无论按照什么样的顺序观看，这三部电影都给我留下了深刻的印象。

电影中的每一个角色都有独特的意义和深刻的命运。韩琛，最初是一个重情重义的人，坚信“江湖”之路必须靠“道义”才能走得长远。他对倪永孝的上位绝对服从和忠心，但命运多舛，他最终走上了注定被背叛的路。或许，最初他并不愿意成为权势人物，但人生无常，他终成比倪家更狠辣的老大，最终也死于背叛。

黄志诚，作为警察，他游走在法律的边界。年轻时的经历让他对法律产生了动摇和疑惑，他按照自己的方式维护正义，教唆韩琛杀人上位，主使Mary暗杀倪坤，利用陈永仁的心理让他卧底，亲手毁掉了一个年轻人的一生。在倪家陨落时，他没有召回陈永仁，而是让他继续卧底以牵制韩琛。

卧底的生活，就像戴着面具行走在人世间，面具戴久了，真的还能摘下来吗？进入无间地狱，没有轮回，只有无尽的苦难。

陈永仁，背负黑社会和私生子的背景，从小立志做个光明正大的好人，警察之路正好满足了他的理想。然而，因倪家的背景，做警察几乎无望，卧底成为他唯一的选择。在十年的卧底生涯中，他失去了家人和爱人，最终失去了生命。在警察的世界里，他或许是个好人，但在家族中，他却是叛徒。

刘建明，内心也不好过。尽管身处正义的一方，却只能在暗地里出卖灵魂，双重生活带来的巨大心理压力让他在黑白之间摇摆不定。警察身份的光明让他想掌控命运，做个好人，但他的成功是用鲜血换来的。如果没有韩琛，他也不会有今天的地位。在一系列事件后，他选择了自杀，但无间地狱的劫难让他不死，从此独自生活在谎言与罪恶中。他的一生都在追求救赎，却最终无法逃脱自己创造的地狱。

《无间道》里的每一个人物都充满了宿命感：陈永仁的孤独与执着，刘建明的矛盾与绝望，倪永孝的家族责任，黄志诚的道德挣扎，韩琛的无奈背叛……

影片中的电梯，是“无间道”的隐喻。通往天台的电梯看似通向光明，却被尸骨堆积。一直不被看到的林国平，被打死的陈永仁，甚至是黄警司……正义与邪恶在电梯内外较量，而刘建明走出电梯的那一刻也似乎预示着他难以分辨日渐混淆的身份。电梯，成为整个故事的缩影，见证了正义与邪恶的永恒对抗。

在《无间道》的叙事迷宫中，每个人都在为了自己的信念和生存而战，而这场战斗，没有绝对的胜者。电影以它独特的方式，探讨了法律与道德之间的灰色地带，以及每个人在其中挣扎求存的困境。它也似乎讲述了我们每个人内心深处的故事——关于选择、牺牲、忠诚与背叛。它提醒我们，生活中的每一个决定都可能将我们引向不同的道路，而最终，我们必须面对自己的选择，承担后果。

随着电影的镜头，我们在香港的街头巷尾穿梭，感受着这座城市独有的韵味。每一条街道，每一个角落，都似乎蕴藏着故事，诉说着过往。从《英雄本色》的热血江湖到《纵横四海》的浪漫冒险，从《大话西游》的穿越时空到《花样年华》的深情款款，再到《无间道》的道德挣扎，这些电影不仅让我们领略了香港的风光，更让我们感受到了这座城市的心跳和呼吸。

每一部电影都凝结了岁月的印记，每一个镜头都述说着时代的故事，这些影片不仅是光影的艺术，更是香港文化的浓缩与象征。感谢电影，感谢香港，感谢这次光影之行。让我们带着满满的收获和感动，继续前行，继续探索，继续感受这个世界的美好。因为，生活本身就是一部电影，我们每个人，都是自己人生的主角。